MONTANA DELTA-FORCE

EIN BODYGUARD FÜR DAS OPFER

BROTHERHOOD PROTECTORS REIHE
BUCH DREI

ELLE JAMES

Übersetzt von
FRANZISKA POPP

TWISTED PAGE INC

MONTANA DELTA-FORCE

EIN BODYGUARD FÜR DAS OPFER

BROTHERHOOD PROTECTORS REIHE
Buch 3

ELLE JAMES
New York Times & USA Today
Bestseller-Autorin

Übersetzt von Franziska Popp

Lektor: Christian Popp

EBOOK ISBN: 978-1-62695-213-3

PRINT ISBN: 978-1-62695-214-0

Dieses Buch ist allen Frauen gewidmet, die brutal angegriffen oder vergewaltigt wurden. Auch ich wurde im zarten Alter von dreizehn Jahren vergewaltigt. Wenn ich jetzt an diesen Tag zurück denke, erkenne ich, dass ich einen gewaltigen Fehler begangen habe: Ich hätte ihn anzeigen sollen. Ich hätte es nicht für mich, sondern für andere Frauen tun müssen. Ich hätte nicht zulassen dürfen, dass ihm nach mir noch andere Frauen zum Opfer fallen konnten. Ja, ich kannte den Mann. Er war der Bruder meiner besten Freundin. Ich weiß nicht, wo er jetzt ist oder was er aus seinem Leben gemacht hat. Dennoch bete ich jeden Tag, dass er keiner Frau antut, was er mir angetan hat. Ich hätte mein Schweigen brechen müssen ... Wenn du zum Opfer eines Gewalttäters geworden bist, behalte es nicht für dich. Du könntest mit deiner Aussage andere davor bewahren, eine ähnlich fruchterregende Erfahrung zu machen und den Vergewaltiger dort hinschicken, wo er hingehört: ins Gefängnis.

KAPITEL 1

MIA CHASTAIN DREHTE den Schlüssel und öffnete die Tür zu ihrer Vergangenheit. Elf Jahre waren seit ihrem letzten Besuch vergangen. Nachdem sie ihre Heimat verlassen hatte, um aufs College zu gehen, schwor sie sich, nie wieder nach Eagle Rock zurückzukehren. Nur zur Beerdigung ihrer Eltern war sie aufgetaucht. Jetzt machte sie einen Schritt in das Haus ihres Ur-Großvaters, in dem sie einen Monat verbringen wollte.

„Bist du sicher, dass du die Nacht in diesem Haus verbringen willst?" Sadie McClain, ihre Freundin aus Kinder- und High-School Tagen, stand mit Mias kleinstem Koffer hinter ihr. „Seit eineinhalb Jahren war keiner mehr in diesem Haus. Es sollte erst von oben bis unten gereinigt werden, bevor du die Nacht hier verbringst."

„Es wird schon gehen. Bis zur Schlafenszeit habe ich noch ein paar Stunden. Die Zeit kann ich nutzen, um etwas sauber zu machen."

„Ich kann bleiben und dir helfen, wenn du willst", bot Sadie an.

Mit der Hand auf dem Türknauf drehte sie sich zu Sadie. „Du hast einen Ehemann, der Zuhause auf dich wartet. Ich komme schon klar. Und schließlich bin ich nach Montana gekommen, um von dem Chaos in der Großstadt, dem Straßenverkehr und den vielen Menschen wegzukommen. Ich brauche Inspiration, ansonsten werde ich das neue Drehbuch niemals schreiben können."

„Du willst also etwas allein sein?", erkannte Sadie. „Sobald ich den Koffer abgestellt habe, werde ich verduften." Mia wollte etwas sagen, Sadie stoppte sie jedoch. „Streite es nicht ab. Ich verstehe dich. Auch ich brauchte nach so viel Zeit in L.A. die Ruhe und den Frieden der Crazy Mountains."

„Oh ja. Außerdem brauche ich die Zeit für mich. Mal sehen, was mir das alte Haus bietet."

„In den letzten eineinhalb Jahren ist viel passiert, oder?" Sadie stellte die Reisetasche auf der Holzveranda ab und umarmte ihre Freundin. „Ich vermisse deine Eltern auch."

Mias Eltern waren vorletzten Winter gestorben. Seitdem hatte sie nicht den Schneid gehabt, nach Hause zu kommen und sich den Geistern der Vergangenheit zu stellen.

Sadies Blick fiel auf die Vorderseite des Hauses. „Marlys Kommentar über den Geist solltest du ignorieren. Sie ist noch ein Kind. Kinder lieben es, sich Geschichten über verlassene Häuser und Orte auszudenken." Sadie rieb sich behutsam über ihren Bauch.

Jetzt im fünften Monat zeigte sich endlich, dass sie schwanger war. „Falls du aber Angst bekommen solltest, zögere nicht, ins Auto zu springen. Bei Hank und mir ist immer ein Plätzchen für dich."

Bei der Erinnerung an die Geschichte der Kellnerin aus dem Café zuckten Mias Mundwinkel. Die jungen Leute in der Stadt dachten, dass das Haus von einem Geist heimgesucht wurde. Für eineinhalb Jahre hatte es niemand betreten. Wer sollte dann für die erleuchteten Fenster in der Nacht verantwortlich sein? Ein Geist bestimmt nicht.

„Geister sind meine kleinste Sorge", murmelte Mia. „Ich habe einen Termin einzuhalten. Das macht mir mehr Angst als ein alter Geist."

Sadie lächelte. „Das ist die richtige Einstellung."

In Kindertagen war dieses alte Haus ihr Zufluchtsort gewesen. Jetzt waren ihre Eltern nicht länger hier und sie musste sich entscheiden, was sie mit dem Haus machen wollte. Sollte sie es verkaufen? Abreißen? Oder vermieten? Um es zu verkaufen oder zu vermieten, müsste sie es von oben bis unten saubermachen und wahrscheinlich renovieren. Auf jeden Fall bräuchte es ein paar Reparaturen. Aber nicht heute und auch nicht morgen.

Sie war nicht nur wegen dieser Entscheidung nach Eagle Rock gekommen. Der Hauptgrund war, dass sie ihre Schreibblockade überwinden wollte. In zwei Wochen musste sie ihr neues Drehbuch ihrem Lektor vorlegen. Durch den Vertrag hatte sie keine Zeit für Kreativität. Alles musste so schnell wie möglich fertig werden. Wenn sie sich entschied, das Drehbuch nicht zu schreiben, müsste sie sich aus dem Vertrag rauskaufen und dem Filmstudio ihren Sinneswandel verständlich machen.

Das Problem war, dass ihr die Idee der Geschichte zu nah ging. Mia wollte sich in den Arsch treten. Schließlich hatte sie um das Projekt gebeten. Obwohl es sich um eine fiktive Story handelte, würde der Prozess viele alte und furchtbare Erinnerungen in ihr wachrufen. Sie wusste nicht, ob sie das ertragen könnte.

Jedes Mal, wenn sie sich an den Schreibtisch setzte, zitterten ihre Hände so stark, dass sie auf ihrem Laptop keine Tasten drücken konnte. Bilder der Vergangenheit schossen durch ihren Kopf. Die Erinnerung an den schrecklichsten Tag in ihrem Leben rief noch dreizehn Jahre später Schrecken hervor: der Tag ihrer Vergewaltigung.

Ihre Nackenhaare stellten sich auf. Sie hatte das Gefühl, beobachtet zu werden. Sie wirbelte herum, konnte aber niemanden entdecken.

„Was ist los? Hast du einen Geist gesehen?", fragte Sadie grinsend.

Mia zuckte mit den Achseln und zwang sich ein Lächeln auf die Lippen. „Nein. Ich bin einfach nur müde." Mia trat über die Türschwelle und wartete auf Sadie, bevor sie die Tür zumachte.

Sadie lief ins Wohnzimmer. „Ich erinnere mich, dass wir auf diesem Teppich immer unsere Hausaufgaben gemacht haben." Ihre Lippen formten sich zu einem Lächeln. „Echt Schade, dass du nicht länger oder für immer bleiben willst. Unsere Kinder könnten zusammen in Eagle Rock aufwachsen, in dieselbe

Schule gehen und danach Hausaufgaben in unseren Häusern machen. Sie könnten Pyjamapartys veranstalten, reiten gehen und uns wahnsinnig machen." Sie lachte wehmütig. „Irgendwann vielleicht?"

Mit einem ausweichenden Schulterzucken sagte Mia: „Vielleicht." Kein Kind von ihr würde jemals in Eagle Rock aufwachsen. Nicht, solange der Mann, der sie angegriffen hatte, noch immer durch die Weltgeschichte lief.

Mias Blick fiel auf Sadies Bauch.

Sie war danach nicht zur Polizei gegangen. *Gott*, bisher hatte sie nicht bedacht, dass durch ihr Schweigen auch andere in Gefahr sein könnten.

Heilige Scheiße. Sadies Baby könnte ein Mädchen sein. Was wäre, wenn Sadies Tochter auf dem Nachhauseweg dem gleichen Schicksal zum Opfer fallen würde?

Mia biss sich auf die Lippe. Sie hatte niemals auch nur einer Menschenseele davon erzählt. Nicht einmal Sadie, ihrer besten Freundin. Auch Mias Eltern hatten zu Lebzeiten nichts davon erfahren. Sie trug das Gewicht dieses Ereignisses allein. Seither fühlte sie sich immer dreckig. Sie hatte das Gefühl, dass es ihre Schuld gewesen war. Gleichzeitig schämte sie sich für das, was ihr passiert war.

Die erwachsene Mia wusste natürlich, wie dämlich diese Gedanken waren. Die sechzehnjährige Mia hätte es nicht geschafft, ihren Verwandten von dieser Schande zu erzählen. Die Vorstellung, dass ihre Familie wusste, wozu sie benutzt, und auf welche grauenvolle Weise ihr Körper beschmutzt worden war, hätte Mia nicht überlebt. Wochenlang hatte sie sich damals im

Bett verkrochen, mit der Angst im Hinterkopf, dass er sie geschwängert haben könnte. Schließlich hatte er es nicht einmal für nötig gehalten, ein Kondom zu benutzen. *Zur Hölle nochmal*, er hatte nicht damit gerechnet, dass sie überleben würde.

Sadies Hand auf ihrem Arm brachte Mia in die Realität zurück. „Was ist los, Mia?"

Sie schüttelte die furchtbaren Erinnerungen ab und zwang sich zu einem Lächeln. „Nichts. Es macht mich einfach traurig, das Haus in diesem Zustand zu sehen. Mom hatte immer versucht, das Haus mit viel Licht und Liebe zu füllen."

„Du musst einfach nur die Vorhänge und die Fenster öffnen. Lass Sonnenlicht und frische Luft herein." Sadie riss einen Vorhang zurück und entfachte eine Staubwolke. Sie hustete. „Okay, na gut, vielleicht solltest du sie vorsichtig aufmachen." Sie wedelte mit der Hand vor ihrem Gesicht. „Ich bitte dich, Mia, zieh bei uns ein, bis man in diesem Haus leben kann."

Mia schüttelte den Kopf. „Danke, Sadie, aber ich wollte das schon seit Langem tun. Und um schnell fertig zu werden, muss ich von dem Chaos umgeben sein." Mit dem Finger strich sie über einen Tisch und hinterließ in dem dicken Staub eine Spur.

Sadie nickte. „Okay, wenn dir das lieber ist. Aber lass uns zusammen durchs Haus laufen, um sicherzugehen, dass nichts Gefährliches auf dich lauert. Dann verschwinde ich."

„Geht klar."

Mia und Sadie checkten jeden Raum im Erdgeschoss

und dann im Obergeschoss. Niemand versteckte sich in den Schränken oder unter den Betten.

Als sie den Rundgang beendet hatten, fühlte sich Mia etwas besser, obwohl sie in dem Haus alleine übernachten musste.

Sie brachte Sadie noch zu ihrem SUV und umarmte sie zum Abschied. „Vielen Dank für alles."

„Ich wünschte, du würdest mich mehr tun lassen."

„Wenn du magst, kannst du morgen für eine Tasse Tee vorbeikommen."

„Sehr gern." Sadie umarmte sie ein zweites Mal. „Ich habe dich vermisst."

„Ich bezweifle, dass du viel Zeit hattest, mich zu vermissen. Der heiße SEAL in deinem Haus hat dich ausgelastet." Mia grinste. „Ich habe schon immer gedacht, dass du und Hank zusammengehört. Ich bin überrascht, dass ihr so lange gebraucht habt."

Sadie strahlte vor Liebe für ihren Ehemann. „Wir mussten erst zur gleichen Zeit am selben Ort sein."

„Gott sei Dank kam er zur rechten Zeit, sonst wärst du jetzt vielleicht nicht mehr am Leben." Mia drückte Sadies Hand. „Ich freue mich so sehr, dich mal wieder zu sehen."

„Ich bin auch froh", sagte Sadie. „Es fehlt in dieser Stadt an weiblichen Gesprächspartnern."

„Du hast doch Hanks Schwester, Allie."

Sadie nickt. „Schon. Wenn sie gerade mal nicht mit ihrer Ranch beschäftigt ist. Aber du sprichst die Sprache der Filmindustrie. Es tut gut, Erfahrungen auszutauschen. Ich freue mich so, dich hier zu haben." Sie stieg ins Auto. „Dann bis morgen. Und wenn du

Angst bekommen solltest, zögere nicht, an unsere Tür zu klopfen."

Mia hatte bereits Angst, doch daran musste sie sich gewöhnen. „Danke."

Als Sadie weg war, ging Mia ins Haus, machte die Tür zu und schloss ab.

Dann wandte sie sich ihrer Vergangenheit zu.

Seit dem Tag, an dem ihre Eltern zu dem Arztbesuch in Bozeman aufgebrochen waren, hatte sich im Haus nichts verändert.

Der Termin hatte am Morgen stattgefunden. Auf dem Weg nach Hause waren sie in einen heftigen Schneesturm geraten. Der Wind und der Schnee hatten sie von der Straße und einen Abhang hinunter gefegt. Wenn sie nicht bei dem Unfall gestorben wären, hätte das Wetter das Übrige getan. Sie konnte nur hoffen, dass der Tod schnell und schmerzfrei gewesen war.

Stundenlang hatten ihre Eltern kopfüber in dem alten Pickup ihres Vaters gesessen, bis der Schnee die Spuren des Unfalls und letztendlich auch das Auto unter sich begrub. Niemand hatte nach ihnen gesucht. Erst durch Mias Anruf am nächsten Tag wurde etwas in Bewegung gesetzt.

Da keiner das Telefon abnahm und sie von dem Schneesturm in Montana gehört hatte, war sie besorgt gewesen. Mia hatte in Eagle Rock umhertelefoniert. Trotz ihrer Bemühungen hatte sie ihre Eltern nicht ausfindig machen können. Ein paar Stunden später hatte sie dann den Sheriff benachrichtigt.

Der Sheriff selbst war zum Haus gefahren, um nach dem Rechten zu sehen. Niemand hatte auf sein Klopfen reagiert. Um deren Sicherheit besorgt, hatte er das Schloss geknackt. Im Haus fand er eine Notiz auf einem Kalender, den Mias Mutter immer am Kühlschrank hatte. Auf dieser Notiz stand geschrieben, dass sie den Tag zuvor in Bozeman einen Arzttermin hatten.

Nachdem der Sheriff sichergestellt hatte, dass das Paar bei dem Arzttermin erschienen war, schickte er einen Deputy los, um den Highway nach Bozeman abzusuchen.

Mia seufzte. Die weißen Abdeckungen über den Möbeln gaben den Anschein, als wäre ihr altes Haus tatsächlich von Geistern bewohnt. Und war das nicht auch der Fall? Die Geister waren keine Geister im übernatürlichen Sinne, sondern Erinnerungen, die von den Möbeln heraufbeschworen wurden. Vor ihrem inneren Auge blitzten Fetzen aus vergangenen Tagen auf, die fast immer ihre Eltern abbildeten – manchmal aßen sie auf der Couch oder schauten Fernsehen und manchmal genossen sie einfach nur die Wärme des Feuers.

Bei der Geburt von Mia waren ihre Eltern bereits älter gewesen. Sie war das Baby, das sie sich seit Jahren gewünscht hatten. In ihren Vierzigern hatten sie den Versuch aufgegeben, bis beide durch eine Schwangerschaft überrascht wurden. Sie hätte sich keine liebevolleren und großzügigeren Eltern wünschen können. Im Vergleich zu anderen Eltern waren sie konservativer eingestellt gewesen; diese Eigenschaft hatten sie gleichzeitig auch charmant wirken lassen.

Mia verfrachtete die Erinnerungen zurück in ihr Unterbewusstsein und machte sich auf den Weg in die Küche. In den letzten eineinhalb Jahren hatte sie auch weiterhin die Rechnungen für Wasser und Strom bezahlt. Abgesehen von einer Staubschicht konnte sie einfach einziehen und ihr erhofftes Ziel in Angriff nehmen.

Mit den Fingerspitzen fuhr sie über die Arbeitsfläche und hinterließ eine Spur.

Wenn sie plante, für einen Monat in diesem Haus zu wohnen, musste sie so schnell wie möglich mit dem Sauber machen beginnen. Sie hoffte sich schnell einzuleben und ohne die Ablenkung des Internets ans Werk zu gehen. Sie musste dringend mit dem Drehbuch beginnen.

Sie rollte die Ärmel hoch, machte sich einen Pferdeschwanz und suchte dann nach einem Eimer, Lappen und Seife. Motiviert machte sie sich ans Werk.

Als die Nacht hereinfiel, glänzte die Küche und auf dem Herd stand ein Wasserkessel für Tee. Auch ihr altes Kinderzimmer hatte sie geputzt. Im Austausch für die staubige Bettwäsche hatte sie sich aus L.A. eine saubere Variante mitgebracht.

Wenigstens konnte sie sich heute Abend etwas kochen und danach entspannt ins Bett fallen. Morgen würde sie den Rest des Hauses putzen, und sobald es wieder in seinem ursprünglichen Glanz daherkam, konnte sie sich an ihr Drehbuch setzen.

Die harte Arbeit hatte sie vom vielen Nachdenken abgehalten. Erschöpft von der langen Reise und dem ausgiebigen Putzen, ging Mia duschen. Danach zog sie sich ihr liebstes T-Shirt und ihre kuschelweichen Shorts an. In der Küche setzte sie sich an den Tisch, um ihren Tee zu trinken und ein paar Cracker mit Käse zu essen.

Die Nacht war hereingebrochen. Alle Fenster hatten Fensterläden oder Vorhänge, mit denen sie die Tageszeit ausblenden konnte – abgesehen von der Küche. Das Fenster über dem Spülbecken kam wie ein dunkles Schreckgespenst daher. Je länger sie in die Dunkelheit starrte, desto stärker zeichnete sich eine Gänsehaut auf ihrem Körper ab. Sie nahm sich vor, nach Bozeman zu fahren und für dieses Fenster eine Jalousie zu kaufen.

Am Tag gefiel es ihr, so viele Fenster wie möglich zu öffnen, um Licht hereinzulassen; in der Dunkelheit machte es ihr Angst. Zwar hatte sie gelernt, sich mit den nachts umherwandelnden Gestalten abzufinden, doch der unlogische Verdacht, dass sie beobachtet wurde, überwältigte sie täglich.

Mia erhob sich vom Tisch. Sie hatte nicht viel zu sich genommen und goss den restlichen Tee in die Spüle. Dann spülte sie ihre Tasse aus. Ihr Herz pochte wie wild. Auf keinen Fall würde sie aus dem Fenster und in die Dunkelheit spähen.

Als sie sich Richtung Treppe drehte, hätte sie schwören können, dass sie aus den Augenwinkeln einen Schatten am Fenster wahrgenommen hatte.

Aus der Schublade zog sie ein langes Messer, atmete tief ein und wandte sich dem Fenster zu. Die Aussicht hatte sich nicht verändert. Alles war schwarz.

Für eine lange Zeit starrte sie in die unbewegte Dunkelheit und wartete darauf, dass eine schattenhafte Gestalt ihre Deckung aufgab. Hatte sie sich alles nur eingebildet? Übernahmen ihre Ängste die Oberhand?

Ein paar Minuten vergingen, bevor sie sich wieder entspannen konnte. Sie legte das Messer in die Schublade zurück, entschied sich dann aber, es mit ins Schlafzimmer zu nehmen und auf den Nachttisch zu legen.

Der Schatten könnte aus der Erinnerung und ihrer Vorstellungskraft entstanden sein. Vielleicht aber auch nicht. Sie würde nichts riskieren.

Sie hatte eine Waffe. Diese lauerte jedoch in den Tiefen ihres Koffers, den sie heute ganz sicher nicht mehr auspacken würde. Morgen könnte sie danach suchen. Wenn dieses Unwohlsein in ihrer Magengegend auch die Nacht über anhielt, würde sie die Waffe vielleicht schon vorher herauskramen.

Mia schlüpfte ins Bett und zog die Bettdecke unter ihr Kinn. Im sicheren Licht der Nachttischlampe schloss sie die Augen und versuchte, Schlaf zu finden.

Völlig am Ende schlief sie trotz der anhaltenden Panik ein. Natürlich fanden sie die Albträume, heraufbeschworen von Erinnerungen, die an die Oberfläche zu finden suchten.

Sie war gerade aus dem Schulbus gestiegen und auf dem Weg nach Hause. Ihr Haus lag nur einen Kilometer außerhalb von Eagle Rock, umgeben von Hügeln und Weiden. Ihr Ur-Großvater hatte sich vor vielen Jahren in Montana niedergelassen, Land mit dreihundert Hektar erstanden und darauf Rinder und Pferde platziert. Seitdem hatten die nachkommenden Generationen Teile des Landes verkauft, weshalb nur noch das Haus mit vier Hektar Grundstück übrig war.

Mia schwang den Rucksack über ihre Schulter und lief die lange Einfahrt zu ihrem Haus entlang. Der Weg befand sich abgelegen von der asphaltierten Straße, mit Bäumen auf einer Seite.

Mit den Gedanken bei den Hausaufgaben und den Unter-haltungen, die sie mit ihren Freunden über den Tag verteilt geführt hatte, bemerkte sie nicht, dass ihr jemand folgte. Und als ein Mann mit einer schwarzen Ski Maske aus den Büschen sprang und sie von hinten packte, war es bereits zu spät.

Sie war nur eins siebenundfünfzig und war weder groß noch stark genug, um gegen den Angreifer etwas auszurich-ten. Er bedeckte ihr Gesicht mit einem dunklen Sack, fesselte ihre Handgelenke hinterm Rücken zusammen und fuhr sie über eine abgelegene Landstraße, welche von allen Seiten mit Hügeln umgeben war.

Todesangst lähmte sie nur kurzzeitig. Sie versuchte, sich aus den Fesseln zu befreien, während sie immer wieder ihre eigene ausgeatmete Luft einatmete. Es war heiß und stickig unter dem Sack; ihre Tränen durchtränkten das Leinen.

Als der Van stoppte, band ihr Angreifer sie an einen Baum und riss ihr die Klamotten vom Körper. Sie hatte sich gewehrt, um sich getreten und nach Hilfe geschrien. Aber niemand kam zu ihrer Rettung. Niemand hielt ihn davon ab, in sie einzudringen und mit einem schmerzhaften und bren-nenden Stoß durch ihr Jungfernhäutchen zu brechen. Er biss und folterte sie gefühlt mehrere Stunden, bevor er sie an dem Baum zum Sterben zurückließ – nackt, in der kalten Luft einer Montana-Nacht im Frühling.

Ein lauter Knall riss sie aus dem Albtraum. Mia setzte sich mit klopfendem Herzen im Bett auf und sah sich um. Zuerst erinnerte sie sich nicht, wo sie war, bis sie die Fotos mit ihren Eltern sah – lächelnd an einem See. Zu dieser Zeit war ihr Leben noch in Ordnung gewesen.

Sie versuchte, sich daran zu erinnern, warum sie aufgewacht war: das Geräusch.

Mia griff nach dem Telefon auf ihrem Nachttisch, erinnerte sich jedoch, dass sie keins hatte. Stattdessen umklammerte sie das Messer und rutschte aus dem Bett. Ihre Füße berührten den kalten Boden. Ihr Herz pochte gegen ihre Rippen. Sie steckte den Kopf aus der Tür und sah um die Ecke. Nichts bewegte sich. Dunkelheit war ihr einziger Begleiter. Im Geiste notierte sie sich, Nachtlichter zu kaufen, während sie langsam den Flur entlang und zur Treppe ging. Mit einer Taschenlampe leuchtete sie ins Erdgeschoss.

Ein weiteres Geräusch trat an ihre Ohren. Von oben. Es klang, als würden Blätter über Asphalt wehen. Ein Angstschauer rannte über ihren Körper.

Die Laute von oben hatten nichts mit dem Knall zu tun, der sie aus ihrem Albtraum gerissen hatte.

Mia ging die Stufen hinunter, langsam und mit Vorsicht. Sie wünschte, sie hätte ihre Waffe. Noch eine Notiz an sie selbst: *Grabe nach der Waffe im Koffer.*

Unten angekommen fühlte sie eine kühle Brise an ihren nackten Waden. Die Klimaanlage war nicht an und sie hatte kein Fenster offengelassen.

Ein paar Schritte mehr brachten sie in die Nähe des Eingangsbereiches und zur Küchentür.

Ohne Vorwarnung wirbelte Mia herum und leuchtete mit der Taschenlampe in die Küche.

Ein schwarzer Schatten hastete über den Boden und durch die offene Hintertür.

Mia schrie und trat mehrere Schritte zurück, bis sie mit dem Rücken gegen eine Wand stieß. Das Messer glitt ihr aus der Hand und bohrte sich mit der scharfen Klinge zuerst neben ihrem kleinen Zeh in den Boden.

Ihr Herz hämmerte. Sie bekam keine Luft. Sie riss sich aus der Starre, schnappte sich ihre Handtasche vom Tisch im Flur, schlüpfte in die Cowboystiefel und rannte eilig aus der Tür.

Wenige Sekunden später befand sie sich im Auto auf dem Weg zu Sadies Haus. Angst und Schrecken trieben sie schneller voran; ihr Fuß klebte regelrecht am Gaspedal. Sie war sich sicher, dass sie die Hintertür abgeschlossen hatte, bevor sie zu Bett gegangen war. Mia bezweifelte, dass die schwarze, Zuflucht suchende Katze die Hintertür aufgebrochen und dabei den Türrahmen zersprengt hatte.

KAPITEL 2

TATE „BEAR" PARKER stand auf der Türschwelle von Hank Pattersons Ranch Haus und dehnte seine Wade. Er hatte es heute übertrieben und wurde mit Krämpfen bestraft.

Vor nicht allzu langer Zeit war er zu Hanks Projekt, den Brotherhood Protectors, hinzugestoßen. Im Moment befand sich Bear zwischen Aufträgen. Er hasste es, seine Eier schaukeln zu müssen und von der Wohltätigkeit der Pattersons zu leben.

Als Hank ihn fragte, ob er auf der Ranch mit anpacken würde, hatte Bear mit Freuden zugestimmt – und das, obwohl seine letzten Erfahrungen mit dem Ranch leben in der Vergangenheit lagen. Als Kind durfte er auf der Ranch seines Großvaters immer reiten. Bear hoffte zudem sehr, dass ihm sein Bein keine Probleme bereiten würde. Im Irak war er nämlich kurz davor gewesen, sein Bein zu verlieren.

Sein Physiotherapeut in Bethesda, Maryland hatte ihm geraten, vorsichtig zu sein und darauf zu achten, sein Bein nicht zu stark zu belasten. Ihm wurde gesagt, sein Bein langsam an die Belastung zu gewöhnen, um eine weitere Verletzung zu vermeiden.

Der ausgebildete Delta-Force-Soldat in ihm konnte sich einer Herausforderung wie der Arbeit auf einer Ranch nicht entziehen. Bear hatte sein Bestes gegeben und sich Hank als Vorbild genommen.

Reiten war auf einer Ranch notwendig, aber seine Muskeln waren an diese Belastung nicht gewöhnt und jetzt schmerzte sein Bein.

Morgens um zwei Uhr hatte er das Schlafen aufgegeben und war stattdessen auf die Veranda gegangen, um seinem steifen Bein etwas Bewegung zu verschaffen. Er wollte sich bei Schmerzen nicht mit Medikamenten vollstopfen, weshalb er einen anderen Weg finden musste.

Er konnte sich Schlimmeres vorstellen, als mitten in der Nacht auf der Veranda zu stehen und seinen Blick in den sternenklaren Himmel zu richten. So viele Sterne. Sie nannten Montana nicht ohne Grund „Big Sky". Ohne den Smog war der Nachthimmel gefüllt mit Diamanten, die in einer dunklen See nur für ihn zu strahlen schienen.

Zwar hatte er den ganzen Tag hart gearbeitet, dennoch hatte er das Gefühl, dass Hank ihm die einfachsten Aufgaben gab. Er wusste nicht, wie er in Hanks Organisation passte oder wie er sich als Bodyguard beweisen sollte, wenn er wie ein Krüppel durch die Gegend humpelte. Er war ein Krüppel. Wenn sein Körper noch heil wäre, dann hätte er seine Einheit nicht verlassen müssen. Dann würde er in diesem Augenblick mit seinen Kameraden die Todesfälle der Special Forces vergelten.

Er ballte die Hände zu Fäusten. Er hatte mit Schuldgefühlen zu kämpfen. Er war am Leben, während die Mehrheit seines Teams nach dem Verrat eines irakischen Informanten umgebracht worden war. Ohne die angeforderte Unterstützung aus der Luft wäre er heute wahrscheinlich nicht hier.

Als er sich von seinen Verletzungen erholt hatte, gab es viele Situationen, in denen er sich gewünscht hatte, tot zu sein. Doch er hatte überlebt. Sofort hatte er sich wieder in den Kampf stürzen wollen. Er hatte die Ärzte angefleht, ihn zurück aufs Schlachtfeld zu schicken, damit er seine Männer rächen konnte. Sie verdienten es, gerächt zu werden.

Der medizinische Vorstand hatte sich zusammengesetzt und sein Schicksal in eine andere Richtung gelenkt. Sie hatten ihn aus der Armee geworfen, ihn frühzeitig in Rente geschickt und ihn als arbeitsunfähigen Veteranen deklariert.

Die Armee wollte ihn nicht mehr. Genauso gut hätten sie ihm auch die Eier abhacken und ihn mit einem Kaffeebecher auf den Bürgersteig zum Betteln setzen können. Seit seinem High-School-Abschluss hatte er nichts Anderes getan als zu kämpfen. Wenn er nicht gekämpft hatte, wurde er ausgebildet, um noch mehr zu kämpfen.

Ohne den SEAL, den er bei der Therapie kennengelernt hatte, hätte er aufgegeben. Auch Swede hatte nicht gewusst, wie es weiter gehen sollte. In dem Versuch, die Schmerzen, die Verletzungen und die Ungewissheit mit

Lachen zu bekämpfen, waren sie Freunde geworden. Nach der Physiotherapie waren sie oft zu der nächsten Sportsbar gegangen, hatten sich ein paar Bier gegönnt und das eine oder andere Spiel geschaut. Jemanden zu haben, der wusste, was er durchmachte, hatte Bear dabei geholfen, den Schritt in die reale Welt zu nehmen.

Als Swede einen Anruf von seinem ehemaligen SEAL-Kameraden in Montana bekommen hatte, dachte Bear, dass das ihre Freundschaft beenden würde. Swedes Abreise hatte in Bear ein leeres Gefühl hinterlassen. Zu der Zeit hatte er noch auf die Entscheidung des Vorstandes gewartet, die zu guter Letzt enttäuschend ausgefallen war.

Nach dem Ende seiner Militärkarriere und der Physiotherapie hatte er sich in die Welt begeben und sich eine wichtige Frage gestellt: *Was jetzt?*

Er hatte jämmerlich klingende Bewerbungen an Firmen geschickt, die auf der Suche nach Führungskräften waren. Darin hatte er Erfahrung. Er wusste genau, wie er seine Männer aus brenzligen Situationen zu führen hatte. Stress war kein Fremdwort für ihn. Unter Beschuss konnte er innerhalb weniger Sekunden eine Entscheidung treffen. Allerdings stellte ein Büro eine andere Herausforderung dar. Wer brauchte schon einen Kerl, der seinen Gegner mit einer Treffsicherheit von achtundneunzig Prozent auslöschen konnte? Oder einen Kerl, der Rückendeckung geben konnte, während ein anderer in einen Kugelhagel rannte?

Niemand hatte auf seine Bewerbungen reagiert. Niemand hieß ihn mit offenen Armen willkommen. Das hatte zur Folge, dass sich Bear an einem dunklen Ort vergrub. Ein Ort, der ihm neu war. Es hätte nicht viel gefehlt und er wäre dem Alkohol verfallen.

Der Anruf war zum richtigen Zeitpunkt gekommen. An einem regnerischen Tag in Washington D.C. klingelte sein Handy. Von einer unbekannten Nummer.

Bei dem Anrufer hatte es sich um Hank Patterson gehandelt, Gründer der Brotherhood Protectors – einer Security-Firma für diejenigen, die Schutz brauchten. Bear verdankte es Swede, dass sich Hank bei ihm gemeldet hatte. Bear hatte nicht eine Sekunde gezögert und Hanks Jobangebot, Privatpersonen in Montana als Bodyguard zu schützen, angenommen. Nach dem Telefonat packten sich seine Sachen wie von allein und er nahm den ersten Flug nach Montana.

Glücklicherweise war er zum Team dazugestoßen, als Swedes erster Auftrag brandgefährlich wurde und jedes Mitglied der Brotherhood Protectors mit seinen Erfahrungen zur Sicherheit des Klienten beitragen musste.

Das war vor ein paar Wochen geschehen. Seitdem hatte es keinen weiteren Klienten gegeben. Hank hatte Bear gewarnt, dass das passieren konnte. Es gab sie noch nicht lange und sie würden nicht durch Werbung, sondern durch Mundpropaganda auf sich aufmerksam machen.

Auch wenn Mundpropaganda nicht die schlechteste Methode darstellte, um an neue Klienten zu kommen, so müsste sich Bear nichtsdestotrotz nach einer Alternative umsehen, wenn nicht bald Arbeit auf ihn zukam.

Obwohl Hank ihm versprochen hatte, dass Bear bis zum nächsten Auftrag auf der White Oak Ranch bleiben konnte, gefiel es ihm nicht, die Gastfreundschaft und das Wohlwollen von anderen auszunutzen.

Mittlerweile war der Schmerz in seinem Bein erträglich und Bear überlegte, wieder ins Bett zu gehen. In dem Moment strömte das Licht von Scheinwerfern durch die Baumstämme. Ein Auto kam in einem Tempo die lange Einfahrt hinauf, das seinen Puls sofort beschleunigte. Sollte er Hank wecken? In der Geschwindigkeit, mit der sich das Auto dem Haus näherte, stand das nicht zur Debatte: Niemals wäre Bear in der Lage, vor der Ankunft des Besuchers, die Treppe zu überwinden und seinen Boss in Kenntnis zu setzen.

Das Auto kam zu einem Halt und der Fahrer ließ sich beim Aussteigen Zeit.

Bears Herz raste und Adrenalin pumpte durch seine Adern. Seine Neugierde war geweckt. Mit angehaltenem Atem wartete er gespannt darauf, dass der Fahrer den ersten Schritt machte.

Schließlich wurde die Autotür geöffnet und eine Frau sprang aus dem Fahrzeug. Sie war schlank, mit dunklen, schulterlangen Haaren und trug ein weites T-Shirt und Cowboystiefel. Mit Scheuklappen vor den Augen rannte sie direkt aufs Haus zu.

Als sie die Treppe zur Veranda nahm, stellte sich Bear ihr in den Weg. Die Frau schrie und wäre gefallen, hätte Bear nicht geistesgegenwärtig gehandelt, seine Arme um ihre Taille gewickelt und sie an seine Brust gezogen.

Sie trat wild um sich und wehrte sich gegen seine Umklammerung. Doch Bear ließ nicht von ihr ab. Er befürchtete, dass sie sonst stolpern und sich bei einem Sturz verletzen könnte. „Hey, alles ist okay. Ich werde dir nicht wehtun."

Entweder hörte sie ihn nicht oder sie hatte zu viel Angst und konnte seine Worte nicht verarbeiten. Sie trat um sich und wehrte sich auch weiterhin, bis das Verandalicht anging.

Hank preschte durch die Eingangstür nach draußen. Seine Frau Sadie hatte sich an seine Fersen gehaftet. „Was ist denn hier los?"

Die Frau in Bears Armen beruhigte sich und sah zu ihm auf.

Bear fixierte die Arme der Wildkatze seitlich an ihrem Körper. „Ich habe keine Ahnung", sagte er. „Diese Frau kam mit dem Auto auf den Hof gerast, als stände ihr Hintern in Flammen und ist dann aufs Haus zu gerannt. Ich habe mich ihr in den Weg gestellt und seitdem versucht sie, mir das Gesicht zu zerkratzen."

Sadie trat hinter Hank hervor und ihre Augen weiteten sich. „M-Mia?"

Bears Gefangene sackte an seiner Brust zusammen. Ihr gesamter Körper bebte und zitterte unkontrolliert.

„Oh, mein Gott, Mia!" Sadie rannte zu ihr.

Bear löste seinen Griff, jedoch ließ er sie nicht los; niemals würde sie alleine stehen können. Sadie zog Mia in ihre Arme. „Was ist passiert?"

Mia vergrub ihr Gesicht an der Brust ihrer Freundin und schüttelte den Kopf. Sie antwortete nicht; ihr bebender Körper hatte das Kommando übernommen.

Hank hielt die Tür auf und sagte zu seiner Frau: „Bring sie ins Haus, Sadie."

Bear trat von den beiden Frauen zurück. Er hatte das Gefühl, einen Welpen getreten zu haben. „Es tut mir leid, wenn ich dir Angst gemacht habe." Im Begriff, die Hand auf ihre Schulter zu legen, streckte er den Arm aus, doch Mia zuckte verängstigt zurück und mied seine Berührung mit Vehemenz.

„Alles ist in Ordnung", sagte Sadie tröstend. „Lass uns reingehen; dann kannst du uns erzählen, was passiert ist."

Bear kam als Letztes durch die Tür. Diese Mia schien komplett aus der Fassung gebracht worden zu sein. Daran war er mit Sicherheit nicht ganz unschuldig. Er wollte so schnell wie möglich herausfinden, was hier los war.

Sadie führte Mia ins Wohnzimmer, wo sie sich mit ihr auf die Couch setzte.

Bear blieb auf der Türschwelle stehen, weil er sie nicht noch mehr erschrecken wollte. Er wusste den Grund nicht, aber sie hatte Angst vor ihm.

Sadie rieb über Mias Rücken und sprach in einem sanften Ton mit ihr, bis sich Mia beruhigte.

Sie wischte sich die Tränen von den Wangen. „Es tut mir leid", sagte sie. „Schließlich bin ich nicht nach Eagle Rock gekommen, um euch etwas vorzuheulen."

„Du weißt doch, dass du bei uns immer willkommen bist. Zumal mir der Gedanke sowieso nicht zugesagt hat, dass du in diesem alten Haus alleine übernachtest." Sadie schenkte ihr ein sanftes Lächeln. „Sag mir, was dich so furchtbar erschreckt hat."

Mias Blick fiel aufs Fenster, hinter dem nichts als Dunkelheit lag. Sie erschauerte. „Ich hatte einen

Albtraum, als ich von einem Geräusch geweckt wurde." Zittrig atmete sie ein. „Ich stand auf, um nachzusehen, was es war. Ich ging die Treppe runter und entdeckte eine offene Hintertür."

Sadie zog die Augenbrauen zusammen. „Könnte es der Wind gewesen sein?"

Mia schüttelte den Kopf. „Bevor ich ins Bett bin, habe ich sichergestellt, dass alle Fenster und Türen fest verschlossen sind. Die Tür stand nicht einfach nur offen; der Türrahmen war gesplittert. Jemand hat meine Tür aufgebrochen. Und bevor du fragst, nein, ich glaube nicht an die Geschichte mit dem Geist. Geister zerschmettern keine Türrahmen."

Sadies Furche zwischen den Augenbrauen vertiefte sich. „Nein, das tun sie nicht." Sie zog Mia wieder in ihre Arme. „Ich bin froh, dass du gleich zu uns gekommen bist. Ich werde dich nicht in das Haus zurücklassen, bevor du an den Türen Sicherheitsbolzen und ein gutes Sicherheitssystem hast."

Mia presste die Lippen aufeinander und schüttelte den Kopf. „Ich muss zurück. Wer auch immer eingebrochen ist, wird mich nicht davon abhalten, in meinem Elternhaus zu wohnen. Ich habe es so satt immer das Opfer zu sein."

Bear ballte die Hände zu Fäusten. Der entschlossene Ausdruck auf Mias Gesicht löste in Bear das Bedürfnis aus, sich zusammen mit Mia gegen ihre Dämonen zu stellen.

Sadie packte den Arm ihrer Freundin. „Was meinst du damit?"

Mia hob ihr Kinn, selbst als sich Tränen in ihren

Augen bildeten. Mit dem Handballen wischte sie die unerwünschte Nässe hinweg. „Habe ich dir von dem Drehbuch erzählt, das ich momentan schreibe?"

Sadie schüttelte den Kopf. „Nein."

Mit einem Blick, der einer Kampfansage gleichkam, betrachtete Mia die Männer im Raum, atmete tief ein und fuhr dann fort: „Es geht um eine Frau, die nach dreizehn Jahren in ihre Heimatstadt zurückkehrt, in der sie brutal vergewaltigt wurde, nur um sich dort erneut ihrem Vergewaltiger gegenüber zu finden."

Sadie legte den Kopf auf die Seite. „Es kann nicht einfach sein, eine derartige Geschichte zu schreiben."

„Kann man so sagen. Vor allem dann nicht, wenn ich aus eigener Erfahrung schreibe."

Geschockt schnappte Sadie nach Luft. „Mia?"

Die zierliche Frau nickte bekümmert. „Vor dreizehn Jahren, als ich von der Schule auf dem Weg nach Hause war."

Bears Brust verkrampfte sich. Zu dem Zeitpunkt konnte Mia nicht älter als fünfzehn oder sechzehn gewesen sein. Was für ein Monster würde so etwas tun?

Sadie legte die Hand auf ihren Bauch. „Wer war es?"

Mia schüttelte den Kopf. „Ich weiß es nicht. Er trug eine Ski Maske. Bis heute weiß ich nicht, wer es getan hat."

„Oh, mein Gott." Sadies Augen füllten sich mit Tränen. Sie hob die Hand zum Mund und flüsterte: „Ist das am Ende des Schuljahres passiert, kurz vor dem letzten Jahr?"

Mia nickte.

„Damals hatte ich mich gefragt, warum du dich im

Sommer und während unseres Abschlussjahres so zurückgezogen hast. Heilige Scheiße, Mia." Sadie wickelte beide Arme um ihre Freundin und drückte sie an ihre Brust. „Du hättest es jemandem erzählen sollen."

„Das konnte ich nicht", flüsterte Mia. „Ich habe mich so sehr geschämt und hatte furchtbare Angst."

„Warum sind deine Eltern nicht zur Polizei gegangen?"

Mia zuckte mit den Schultern. „Weil ich ihnen erzählt habe, dass ich einen Hügel hinuntergefallen bin. Ich habe gelogen, um die blauen Flecken und Kratzer zu erklären. Danach haben sie mich für eine Woche zu Hause bleiben lassen."

Als Mia ihre dramatische Erfahrung wiedergab, konnte Bear nur an das gebrochene Mädchen denken, dass sie im Inneren noch immer zu sein schien. „Deswegen konntest du es nicht ertragen, von mir gehalten zu werden."

Mia fand seinen Blick. „Tut mir leid."

„Nein. Mir tut es leid. Ich hätte dich nicht so fest packen sollen. Im ersten Moment dachte ich, du wärst ein Einbrecher. Und dann wollte ich nicht, dass du die Treppe runterfällst und dich verletzt."

Mia schenkte ihm ein kleines Lächeln. „Kein Einbrecher hätte gegen dich eine Chance. Du hast einen unnachgiebigen Griff", sagte sie und rieb sich über den Oberarm.

Sadies Blick hüpfte zwischen Mia und Bear hin und her, bevor sie zu ihrem Ehemann sah.

Bear runzelte die Stirn.

Das Paar tauschte einen wissenden Blick aus und

schließlich sagte Sadie: „Denkst du gerade, was ich denke?"

Hank nickte. „Mia, ich habe einen Vorschlag."

Mia nahm Bears Ausdruck an; auch sie runzelte die Stirn. „Was für einen Vorschlag? Wenn ihr mir sagen wollt, dass ich hier bei euch einziehen soll, dann könnt ihr es gleich vergessen. Ihr habt bereits so viel mit dem neuen Unternehmen und dem Baby am Hut."

Hank hob die Hand, um sie zum Schweigen zu bringen. „Natürlich würde es uns gefallen, dich in unserem Haus in Sicherheit zu wissen, aber uns ist klar, dass du entschlossen bist, dein Elternhaus in Ordnung zu bringen und dein Drehbuch zu schreiben." Er warf einen Blick auf Bear. „Nein, mein Vorschlag beinhaltet, dass du einen Bodyguard engagierst, der dich beim Renovieren und im Alltag beschützen kann." Hanks Kiefer spannte sich an. „In der Zwischenzeit kann sich der Rest meines Teams darum kümmern, den Bastard zu finden, der dich vor dreizehn Jahren vergewaltigt hat."

Mia sah von Hank zu Sadie und wieder zurück. „Ich bin nicht nur nach Eagle Rock zurückgekommen, um an meinem Drehbuch zu schreiben. Als ich mit der Arbeit an dem Drehbuch begann, wurde mir bewusst, dass ich mit meinem Schweigen andere Frauen in Gefahr gebracht habe. Ich bin zurückgekommen, um sicherzustellen, dass er keinem mehr wehtun kann." Sie nickte entschlossen. „Ja, ich würde dein Team sehr gerne anheuern, um dem Fall nachzugehen."

„Und um dich zu beschützen", fügte Sadie hinzu.

Nachdenklich kaute Mia auf ihrer Lippe herum. „Ich

habe eine Waffe. Bisher hatte ich nur noch keine Zeit, sie aus den Tiefen meines Koffers herauszukramen."

„Weißt du, wie man sie benutzt?", fragte Hank.

„Das tue ich. Ich war oft am Schießstand. Außerdem besitze ich aus Kalifornien eine Lizenz."

„Süße, das klingt gut", sagte Sadie. „Aber du brauchst jemanden, der im Notfall für dich da ist, bis wir herausgefunden haben, wer deine Tür eingetreten und dich vor dreizehn Jahren vergewaltigt hat."

Für eine lange Zeit starrte Mia in die Ferne. „In all den Jahren habe ich mir immer geschworen, mir von der Angst nicht mein Leben bestimmen zu lassen."

„Und jetzt versteckst du dich nicht länger, Mia", sagte Hank.

„Du nimmst die Sache selbst in die Hand", fuhr Sadie fort, während sie ihr tröstend über die Arme rieb. „Ein Bodyguard wäre ein Schritt in die richtige Richtung."

Mia nickte. „Okay, ich verstehe. Ich bin einverstanden."

„Sehr gut." Hank wandte sich Bear zu. „Ich werde mit Swede sprechen, wenn er zurückkommt. Ich bin mir sicher, dass er dabei ist. Was ist mit dir, Bear?"

„Ich kann es gar nicht erwarten, diesen Drecksack zu finden." Bears Hände juckten. Er wollte dem Wichser mit seinen Fäusten klarmachen, was er von ihm hielt.

Hank schüttelte den Kopf. „Swede und ich werden uns den Ermittlungen widmen. Wenn Mia einverstanden ist, dann wäre es mir am liebsten, wenn du ihr Bodyguard wirst."

Bear richtete seine Aufmerksamkeit auf Mia. „Ich

glaube nicht, dass sie mich nach heute Nacht für den Job will."

Mia schenkte ihm ein schiefes Lächeln. „Wenn Sadie und Hank sagen, dass du der Richtige für den Job bist, dann bin ich einverstanden. Um es offiziell zu machen: Würdest du mir die Ehre erweisen, mein Bodyguard zu sein?"

Bears Mundwinkel zuckten. „Also ich weiß nicht. Denkst du, meine Schienbeine werden das überleben?"

Mia hob feierlich die Hand. „Ich schwöre, dich nicht wieder zu treten, solange du mir versprichst, mich nicht wieder im Dunkeln zu packen." Dann streckte sie ihm ihre delikate Hand hin. „Abgemacht?"

Bear zögerte keine Sekunde. Er überwand den Abstand und schüttelte ihre Hand. „Abgemacht." Der Beschützer in ihm konnte es nicht erlauben, dass sie allein zu ihrem Haus zurückkehrte. Er zog die Augenbrauen zusammen und sagte: „Ich denke, wir sollten die Sache mit der Suche nach einem Vergewaltiger zumindest vorerst für uns behalten."

Hank nickte. „Noch besser wäre es, wenn wir auch nicht vor allen ausbreiten, dass Bear Mias Bodyguard ist."

Bear grunzte. „Richtig. Wer auch immer es war; er denkt, dass er mit der Straftat davongekommen ist. Es könnte sein, dass er versucht, Mia Angst zu machen, um das Geheimnis auch weiterhin zu wahren."

Mia nickte. „Ich könnte sagen, dass ich Bear zum Renovieren angeheuert habe." Sie fand seinen Blick. „Kennst du dich in der Materie aus?"

Bear nickte. „Ein wenig. Auf der Farm meines Großvaters habe ich mich in den Sommerferien auch immer handwerklich betätigt."

„Das reicht mir. Sobald ich Internet habe, können wir nachsehen, was gemacht werden muss. Natürlich nur, solange es dir nichts ausmacht, an meinem Haus zu arbeiten, während ich an meinem Drehbuch schreibe."

Bear grinste. „Ist mir lieber, als dumm herumzustehen. Zumal die Arbeit garantiert, dass ich im Notfall bei dir bin."

„Dann ist das geklärt", sagte Hank. „Damit hast du dir einen Bodyguard Schrägstrich Handwerker angelacht und wir haben die Aufgabe, deinen Angreifer zu finden."

Sadie lächelte Mia an. „Heute Nacht wirst du aber bei uns bleiben. Morgen kann sich dein Handwerker um die Hintertür kümmern."

Mia umarmte Sadie. „Ich kann auf der Couch schlafen, wenn das in Ordnung ist."

Bear schüttelte den Kopf. „Auf keinen Fall. Du kannst in meinem Bett schlafen. Ich kann in einem Bett sowieso nicht einschlafen, also passt das."

„Sorry", sagte Hank grinsend. „Ich glaube nicht, dass ich einen Fuchsbau für dich finde."

„Beherrsch dich, Froschmann."

„Jungs", warnte Sadie. „Gut jetzt. Wir sollten alle ins Bett gehen. Morgen haben wir viel zu tun. Komm, Mia, ich zeige dir dein Zimmer."

„Schieb meine Sachen einfach aus dem Weg."

Neben Bear hielt Mia an und legte ihre Hand auf seinen Arm.

Ein Gefühl wie ein Blitz schoss durch seinen Körper und direkt in sein Herz.

„Bist du dir sicher, dass du das Bett nicht willst?", fragte Mia.

„Bin ich. Ich kann sowieso nicht schlafen."

„Hm, stimmt. Als ich hier ankam, hast du auf der Veranda gestanden …" Fragend zog sie die Augenbrauen zusammen. „Warum?"

Er rieb sich über sein Bein. „Ich brauchte frische Luft."

Misstrauisch musterte sie ihn. Obwohl sie ihm die Antwort nicht abnahm, drängte Mia ihren Beschützer auch nicht dazu, ihr die Wahrheit zu sagen.

Wenn sie wüsste, dass er körperlich behindert war, würde sie ihre Meinung dann ändern und ihn als Bodyguard ablehnen?

Daran wollte Bear gar nicht denken. Zum ersten Mal nach einer langen Zeit hatte er das Gefühl, einen Zweck zu erfüllen. Auf keinen Fall wollte er sie enttäuschen.

KAPITEL 3

MIA LAG IN Bears Bett. An den Laken haftete sein Duft. Der fein-würzige Geruch nach Mann und Natur gab ihr ein Gefühl der Sicherheit. Jetzt, da sie wusste, dass er kein schattenverhangenes Wesen der Nacht war und kein Interesse daran hatte, sie zu vergewaltigen oder zu töten, war sie froh, dass er über sie wachen würde. Er würde sicherstellen, dass ihr niemand wehtat.

Bei ihrer Rückkehr nach Eagle Rock war sie der festen Überzeugung gewesen, dass sie für ihre Heimatstadt bereit war. Die Stadt, in der sie zum Opfer eines feigen Drecksacks geworden und vergewaltigt worden war. Dreizehn Jahre waren seither vergangen. Mia hatte ein halbes Dutzend Selbstverteidigungskurse gemacht; sie besaß eine Waffe und wusste, wie man sie benutzte. Das Problem: Nachdem in ihr Haus eingebrochen worden war, wusste sie nicht, ob sie in Eagle Rock bleiben konnte. Der Einbruch hatte ihr bewusst gemacht, dass ihr Angreifer von damals noch hier sein könnte. Er könnte in den Schatten auf sie lauern, seine nächste Attacke auf sie oder eine andere Frau planen – auf jemanden, der zu schwach war, sich gegen ihn zu wehren.

Trotz dieses lästigen Gedankenkarussells schlief sie letztlich ein. Erschöpft von der Anreise, dem Putzen, der Panik, die sie bei der zerschmetterten Tür ergriffen hatte, und dem Mann auf der Veranda konnte sie ihre Augen nicht länger offenhalten. In einem Haus voll mit Leuten, die schworen, ihr zu helfen und sie zu beschützen, war es Mia möglich, Schlaf zu finden. Etwas, das sie nicht mehr erlebt hatte, seit sich der Gedanke in ihr manifestiert hatte, in ihre Heimatstadt zurückzukehren.

MIA WURDE VOM SONNENLICHT GEWECKT. Der neue Tag kündigte sich durch die Vorhänge an. Sie streckte sich im Bett und musste feststellen, dass sie nichts zum Anziehen hier hatte. Sie trug lediglich ein Schlaf-T-Shirt. In der Nacht war es ihr egal gewesen, was sie bei ihrer panischen Flucht aus dem Haus trug. Sie hatte nur daran denken können, aus dem Haus zu kommen und sich wieder in Sicherheit zu wiegen.

Der neue Tag brachte auch die Erkenntnis mit sich, dass sie erst nach Hause und zu ihren Koffern musste, um sich präsentabel machen zu können. Ihre Wangen erröteten, als sie an den Mann dachte, der jetzt ihr Bodyguard war. Das T-Shirt bedeckte kaum ihren Hintern. Wie konnte sie ihm darin gegenübertreten?

Ein Klopfen an ihrer Schlafzimmertür ließ sie zusammenzucken. Sofort riss sie ihre Bettdecke unters

Kinn. „Ja?", fragte sie mit zittriger Stimme. War es Bear, der ein paar seiner Dinge brauchte?

„Sadie hier. Ich dachte, dass du fürs Frühstück vielleicht gerne etwas zum Anziehen hättest."

Mia atmete erleichtert aus. Gleichzeitig war sie irritiert darüber, wie enttäuscht sie war, dass nicht Bear vor der Tür stand. Warum würde sie ihn am Morgen sehen wollen, wenn sie am schlimmsten aussah? „Komm rein." Mia warf die Bettdecke von sich und rutschte auf die Bettkante. „Ich wollte sowieso gerade aufstehen."

Sadie öffnete die Tür und kam mit einer Jeans und einem Gürtel hinein. „Die Jeans wird dir wahrscheinlich zu groß sein. Aber besser als nichts, stimmt's?"

„So wahr. Danke dir." Mia nahm die Jeans und schlüpfte hinein. „Es wird schon gehen, bis ich wieder daheim bin." Sie fädelte den Gürtel durch die Schlaufen und zog das Leder fest, um nicht zu riskieren, dass die Hose von ihren Hüften rutschte.

Sadie kicherte beim Anblick der viel zu langen Hosenbeine, die sich um Mias Knöchel aufbauschten. „Manchmal vergesse ich, dass ich so viel größer bin als du."

Mia beugte sich vor und rollte die Hosenbeine hoch. Auf keinen Fall wollte sie später stolpern. „Meine Mutter sagte immer: Die Welt wäre ein langweiliger Ort, wenn wir alle gleich aussehen würden."

Sie zog sich ihre Cowboystiefel an und richtete sich lächelnd auf. „Ich kann dir nicht sagen, wie dankbar ich dir für die Jeans bin. Ich hatte mich bereits gefragt, wie ich lediglich in einem T-Shirt bekleidet von hier zu meinem Elternhaus gelangen sollte."

„Das hätte niemanden gestört. Schließlich bedeckt das T-Shirt das wirklich Wichtige." Sadie grinste. „Im Badezimmer findest du einen neuen Kamm und eine Zahnbürste. Wenn du bereit bist, kannst du zum Frühstück herunterkommen."

„Oh, Sadie, du musst nicht auf mich warten. Ich sollte auf *dich* warten. Schließlich bist du diejenige, die schwanger ist."

„Sei nicht albern. Ich bin doch erst im fünften Monat und so fit wie ein Turnschuh. Heute Morgen werde ich mich um dich kümmern. In ein paar Wochen musst du den Gefallen vielleicht erwidern."

„Was mir eine Ehre wäre." *Wenn ich dann noch hier bin.* Mia umarmte ihre Freundin. „Ich bin in einer Minute bei dir." Sie sah an Sadie vorbei und in den Flur. „Sind die Männer schon wach?"

„Schon seit ein paar Stunden. Sie kümmern sich gerade um die Tiere."

„Oh. Wie spät ist es?"

„Kurz nach zehn."

Mia schnappte nach Luft. „Um zehn? Warum hast du mich denn nicht geweckt? Ich schlafe niemals länger als bis um acht."

Sadie zog eine Augenbraue hoch. „Anscheinend hast du den Schlaf nach der Aufregung der letzten Nacht gebraucht. Hank und ich werden dich bei der Rückkehr zu deinem Haus begleiten – und Bear natürlich auch. Wir wollen dem Sheriff von dem Einbruch erzählen."

Mia kaute an ihrer Unterlippe. „Also ich weiß nicht."

Sadie legte ihre Hand auf Mias Arm. „Süße, du kannst einen gesplitterten Türrahmen nicht einem Geist oder dem Wind in die Schuhe schieben. Der Sheriff muss darüber in Kenntnis gesetzt werden. Vielleicht gibt es auch andere, die ähnliche Erfahrungen gemacht haben. Noch besser wäre es natürlich, wenn der Sheriff ihn schnappt, bevor der Kerl die Tür einer anderen Person zertrümmern kann. Dann hättest du mit deiner Aussage einer anderen Person sehr viel Leid erspart."

„Wahrscheinlich hast du recht." Mia wusste nicht, warum sie so zögerlich war. Wer auch immer sich gewaltsam Zugang zu ihrem Haus verschafft hatte, sollte geschnappt und bestraft werden. Sie wollte einfach nicht, dass andere dachten, sie wäre schwach und ängstlich. Natürlich hatte sie Angst, aber das sollte nicht jeder wissen.

Sadie verließ das Zimmer, damit sich Mia fertigmachen konnte. Sie kämmte sich die Haare und putzte sich die Zähne, bevor sie in ihrer weiten Jeans nach unten ging.

Noch vor der letzten Stufe konnte sie Männerstimmen wahrnehmen. Ihr Puls und ihre Atmung beschleunigten sich. Nachdem sie in der Nacht wie ein Feigling in seine Arme gefallen war, wollte sie Bear eigentlich nicht gegenübertreten. Er musste sie für eine Stadttussi halten, die sogar vor ihrem eigenen Schatten Reißaus nehmen würde.

Mit den Schultern zurück und der Brust raus setzte sie ein sorgenfreies Lächeln auf und betrat die Küche. Hank und Bear standen an der Hintertür, mit dreckigen

Stiefeln und in T-Shirts, die zeigten, dass sie den Morgen fleißig am Werk gewesen waren.

Hank fand Mias Blick. „Wir haben Holz und Nägel in Bears Pickup geladen", sagte Hank ihr. „Trotzdem wirst du noch einen Abstecher in einen Baumarkt machen müssen, um Farbe und ein neues Schloss kaufen zu können. Das solltest du so schnell wie möglich erledigen. Dann kann Bear das neue Schloss noch einbauen, bevor es dunkel wird."

Sadie machte eine einladende Handbewegung. „Setzt euch. Lasst uns zusammen Kaffee trinken. Mia hat noch nicht einmal gefrühstückt und ihr habt bereits ihren ganzen Tag durchorganisiert."

„Wenn es dir nichts ausmacht, würde ich gerne schon zu deinem Haus fahren und alles abladen", sagte Bear.

Mia nickte und sie spürte, wie sich ihre Wangen rot färbten. Seit ihrem Umzug nach L.A. hatte sie sich nicht mehr so gehemmt verhalten. Warum war sie in der Gegenwart ihres Bodyguards so schüchtern? Lag es daran, weil er sie panisch und halb nackt erlebt hatte?

Na ja, darüber musste sie wirklich hinwegkommen. Schließlich würde dieser Mann sehr viel Zeit in ihrem Haus verbringen, Reparaturen vornehmen und nicht von ihrer Seite weichen.

Hank griff ein. „Ich werde mit Mia in ihrem Auto nachkommen. Sadie kann uns folgen. Wir passen auf dich auf, solange Bear mit den Reparaturen an deiner Tür beschäftigt ist."

Mia lächelte. „Das klingt nach einem Plan."

„Lass dich von den Männern aber nicht vor vollendete Tatsachen stellen, Mia. Wenn dir etwas nicht passt, kannst du das ruhig sagen. Es ist dein Haus und wir sollten uns nach deinen Vorstellungen richten." Sadie funkelte Hank an. „Sei nicht so herrisch."

Lachend legte Mia eine Hand auf Sadies Arm. „Nein, es ist okay. Ich schätze es sehr, dass mir die Jungs mit der Tür helfen wollen. Je früher die Tür wieder betriebsbereit ist, desto sicherer werde ich mich in dem Haus fühlen."

Noch gab Sadie nicht auf. „Ich liebe Hank, aber ich weiß, wie er ist, wenn er in diesen Modus kommt. In seinen Sturm- und Drangmomenten macht er alles dem Erdboden gleich."

Hank wickelte einen Arm um ihre Taille. „Ein Grund, warum du mich liebst."

„Auch wieder wahr." Sadie schlang die Arme um seinen Hals und küsste ihn.

Mia wandte ihren Blick von dem Pärchen ab. Demnach fielen ihre Augen auf die einzige andere Person im Raum: Auf den Mann, der noch immer in der Hintertür stand.

Bear erwiderte ihren Blick. Sie konnte nicht sagen, was ihm gerade durch den Kopf ging. Seine Aufmerksamkeit störte sie aber nicht im Geringsten. „Ich werde mich zu deinem Haus aufmachen."

„Kennst du die Adresse?", fragte Mia.

Er nickte. „Ich werde das Holz abladen und alle Vorbereitungen treffen, damit ich mich gleich nach dem Rundgang des Sheriffs ans Werk machen kann."

„Okay." Mias Magen zog sich zusammen. Sie wusste, wie Kleinstädte funktionierten: Sobald der Sheriff informiert wurde, wusste jeder in der Gemeinde, dass bei Mia eingebrochen worden war. Das könnte ihr auch zum Vorteil gereichen: Der Einbrecher würde vielleicht abgeschreckt und es nicht erneut wagen.

„Wir werden so schnell wie möglich nachkommen", rief Hank hinter Bear her.

Sadie platzierte einen Teller gefüllt mit Bacon, Eiern, Toast und Bratkartoffeln auf dem Tisch. „Setz dich."

Mias Magen knurrte bei dem herrlichen Geruch, weshalb sie Sadies Aufforderung nachkam. „Ich werde mich beeilen", versicherte sie Bear.

„Lass dir Zeit." Bear verschwand und machte die Tür leise hinter sich zu.

Hank wandte sich Mia und Sadie zu. „Ich ruf den Sheriff an. Auf diese Weise hat er etwas Zeit, um zu Mias Haus zu fahren, während du dein Frühstück isst."

Nachdem beide Männer die Küche verlassen hatten, stürzte sich Mia aufs Essen. Es überraschte sie, wie hungrig sie war.

„Kaffee oder Tee?"

„Tee", sagte Mia, ohne von ihrem Teller aufzusehen.

Sadie goss heißes Wasser in eine Teekanne, platzierte zwei Tassen und die Kanne auf einem Tablett und trug es zum Tisch. Gegenüber von Mia setzte sie sich auf einen Stuhl. „Ich denke, du wirst Bear mögen."

„Ich richte mich in dem Fall nach Hanks Empfehlung."

„Um genau zu sein, hat Swede, einer von Hanks ehemaligen SEAL-Kameraden, Bear bei der Physiotherapie in Bethesda, Maryland kennengelernt. Bear war bis vor kurzem noch ein Delta-Force-Soldat. Er ist ein wahrhaftiger Kriegsheld."

„Und jetzt ist er ein Bodyguard und Handwerker?" Mia schüttelte den Kopf. „Was er insgeheim wohl darüber denkt? Er scheint mir überqualifiziert für den Job."

„Leute, die nie im Militär gedient haben, werden niemals verstehen, was unsere Jungs ertragen müssen." Sadie starrte in ihre Teetasse, als wäre sie eine Kristallkugel. „Es ist schwer für sie, sich nach all dem wieder in der normalen Welt zurechtzufinden. Vor allem wenn sie Verletzungen davongetragen haben und ihr Leben nur aus Krieg bestanden hatte. Bei vielen läuft der Krieg noch immer in den Köpfen ab."

Mia suchte mit den Augen die Tür, aus der Bear gerade verschwunden war. „Und Bear?"

„Er war einer von drei Männern seines Teams, der einen Hinterhalt überlebt hat." Sadie seufzte. „Swede meinte, dass Bear damals am Ende war. Es hat nicht viel gefehlt und er hätte sein Bein verloren."

Mia hatte sein Humpeln bemerkt. „Meinst du, dass er mich besser beschützen kann, als mir das mit einer Waffe in der Hand möglich ist?"

Hank kam in die Küche zurück. „Bear mag vielleicht humpeln, aber er hat die Erfahrung und den Willen, um sein Können als Sicherheitsexperte unter Beweis zu stellen." Er neigte den Kopf zum Flur. „Der Sheriff ist jetzt auf dem Weg zu deinem Haus."

Mia erhob sich von ihrem halb aufgegessenen Frühstück. „Ich will mir nur schnell die Zähne putzen, dann können wir los." Sie rannte die Treppe hoch und war zwei Minuten später zurück. Hank und Sadie führten den Weg zu den Fahrzeugen.

Als Hank um ihr Auto herumlief, blickte Mia irritiert drein. „Hank, du solltest mit deiner Frau fahren. Ich kann allein fahren. Mitten am Tag wird schon nichts passieren."

„Es stört mich nicht, bei dir mitzufahren. Ich vertraue darauf, dass Sadie mit unserem Baby mit Bedacht fährt." Er zwinkerte seiner Ehefrau zu.

„Ich fahre besser als du", sagte sie.

„Ich meine es ernst: Ich kann allein fahren." Mia stieg ein und machte den Motor an. „Ich sehe euch dann bei mir."

Hank und Sadie folgten ihr in Hanks Pickup. Zusammen erreichten sie Mias Haus und parkten hinter zwei Autos des Sheriffs.

Bei dem Anblick verzog Mia das Gesicht. Es war nicht ihr Ziel gewesen, in ihre Heimatstadt zurückzukommen und direkt für Aufsehen zu sorgen. Sie würde sich nicht kleinkriegen lassen! Das war ihr Haus. Niemand würde sie davonjagen.

Bear kam ums Haus gelaufen. Sofort fand er Mia mit seinem Blick. Er zog die Augenbrauen nach oben und formulierte auf diese Weise eine wortlose Frage: *Geht es dir gut?*

Bei seinem besorgten Blick erhitzte sich ihr Körper. Sie antwortete mit einem kaum merklichen Nicken und wandte ihre Aufmerksamkeit dann Sheriff Bob Wilson zu. Solange sich Mia erinnern konnte, war er der Sheriff von Eagle Rock. Ihn hatte sie vor eineinhalb Jahren angerufen, als ihre Eltern nicht ans Telefon gegangen waren. Zudem war er es, der ihr damals die schlechten Nachrichten überbringen musste.

Sheriff Wilson und ihre Eltern waren befreundet gewesen. Der Tod der beiden hatte ihn fast genauso hart mitgenommen wie sie.

„Mia." Er kam auf sie zu und zog sie in eine typische Bob Wilson-Umarmung, die ihre Knochen zum Knacken brachte.

Im nächsten Moment ließ er sie los und erlaubte ihr, wieder zu atmen. Lächelnd sagte sie: „Es ist schön, dich wiederzusehen."

„Ich freu mich auch, Kleine." Sein Blick glitt zum Haus. „Allerdings wäre es mir lieber gewesen, Kaffee mit dir zu trinken, als bei einem Einbruch zu ermitteln." Er wandte sich zu seinem Deputy. „Erinnerst du dich an Larry Maynard? Ihr wart zusammen auf der High-School, oder?"

Mia musterte den hochgewachsenen, sandblonden Mann in der Uniform. Er kam ihr bekannt vor, obwohl er jetzt etwas mehr auf den Hüften hatte als zu High-School-Zeiten. „Hast du Football gespielt?"

Maynard grinste. „Jeder Junge hat bei uns gespielt, sonst hätten wir kein Team zusammenbekommen. Ich denke, ich war zwei Klassen über dir."

„Du warst der Quarterback, oder?

„Ja, im letzten Jahr."

Mia nickte. „Ich erinnere mich. Du hast immer die hübschen Cheerleader gedatet."

„Ich habe auch eine geheiratet", sagte Maynard. „Was ist mit dir? Was hat dich in die Heimat zurückgebracht?

Ich dachte immer, dass die Leute, die die Flucht ergreifen, nie wieder zurückkommen."

Sadie kam neben ihr zum Stehen. „Sie ist hier, um –"

„– sich von der Muse küssen zu lassen." Mia packte Sadies Hand und drückte hart zu.

„Aua." Sadie entriss Mia die Hand und starrte sie an, als hätte sie den Verstand verloren.

„Ich bin für die ruhige Umgebung hier. Ich arbeite an einem wichtigen Projekt", fuhr Mia fort.

„Ah ja, ich erinnere mich", sagte Larry. „Du bist eine bedeutende Drehbuchautorin. Ich hab in den *Eagle Rock News* von dir gelesen."

Mia hätte beinahe gelacht. Die lokale Zeitung bestand aus einem Blog, der von Margie Rodman geführt wurde. Darin konnte man über Geburten, Todesanzeigen und die Personen, die wegen Trunkenheit ins Dorfgefängnis gesteckt wurden, nachlesen. Wenn jemand Erfolg hatte, der in Eagle Rock aufgewachsen war, und Margie davon Wind bekam, wurde es auf der Startseite breitgetreten.

„Bedeutend? Na ja, ich weiß nicht, aber ja, ich schreibe Drehbücher."

Sheriff Wilson lächelte. „Mia, wir sind sehr stolz auf unsere lokalen Berühmtheiten." Er sah von Hank zu Mia und dann zu Sadie. „Ihr beiden bringt Eagle Rock wieder zu Ruhm und Ansehen." Plötzlich verschwand sein Lächeln. „Und jetzt, Mia, zeig mir die beschädigte Tür."

Mia atmete tief ein und nickte. Sie führte den Sheriff und seinen Deputy hinters Haus und vorbei an einem

Holzhaufen. Bear hatte den Truck ausgeladen und die Bretter ordentlich vor der Veranda gestapelt.

Die Hintertür stand noch immer offen. Die Angst, geschnappt und vergewaltigt zu werden, hatte sie aus dem Haus getrieben, ohne die Tür zu schließen.

Der Sheriff stieg die hintere Treppe zur Veranda hinauf, zog sein Handy aus der Hemdtasche und machte Beweisbilder von dem gesplitterten Türrahmen und dem Schloss. „Wie spät war es zum Zeitpunkt des Einbruchs?"

Mia folgte ihm auf die Veranda. Ein Angstschauer schoss durch ihren Körper. „Ich weiß es nicht genau. Ich denke, dass es ungefähr zwei Uhr morgens war. Ich bin von dem Splittern des Holzes wachgeworden. Zu der Zeit war ich etwas desorientiert." *Von einem intensiven und grauenhaften Albtraum.* Jedoch sagte sie das nicht laut.

Sheriff Wilson trat durch die offenstehende Hintertür in die Küche. „Wurde etwas mitgenommen?", fragte er.

„Das weiß ich nicht. Ich bin sofort aus der Vordertür gerannt und seitdem nicht wieder hier gewesen." Mia folgte ihm. Die Haare in ihrem Nacken stellten sich auf. Sie hatte das Gefühl, dass der Einbrecher noch anwesend war. Was natürlich bescheuert war. Nur der Sheriff und vier andere Leute waren bei ihr.

„Lass uns eine Runde durchs Haus gehen", sagte der Sheriff. „Sag mir, wenn etwas fehlt. Wenn dir zu einem späteren Zeitpunkt etwas auffällt, kannst du eine Liste anfertigen."

Mia ging mit dem Sheriff von Raum zu Raum.

Deputy Maynard folgte ihnen mit einem Notizblock und einem Stift in der Hand, um notfalls Notizen zu machen. Ob etwas fehlte, war nicht einfach festzustellen: Bisher hatte sie noch nicht einmal die Möbel abgedeckt. In der Küche schien alles an seinem Platz zu sein – abgesehen von dem Türrahmen und dem am Boden liegenden Messer.

Als der Sheriff seine Runde beendet hatte, gesellte er sich zu den anderen auf der Veranda.

Sadie wickelte einen Arm um Mias Hüfte. „Und, Sheriff, was denkst du?"

„Mein erster Eindruck ist, dass ein paar Kinder Miss Chastain einen Streich gespielt haben. Sie denken, dass es in dem Haus spukt. Vielleicht war das der Versuch, auch andere davon zu überzeugen. Ich kann mir einfach kein anderes Motiv vorstellen. Schließlich wurde nicht einmal etwas geklaut."

Mia konnte sehr wohl an ein Motiv denken.

Sadie warf einen flüchtigen Blick auf Mia.

Mia antwortete ihr mit einem zaghaften Kopfschütteln.

„Was ist mit der restlichen Stadt?", fragte Hank. „Hat es ähnliche Vorkommnisse gegeben? Hat jemand Einbrüche gemeldet?"

Der Sheriff schüttelte den Kopf. „Seitdem ihr die Sache mit dem Ex-Verlobten deiner Schwester geklärt habt, gab es keine Probleme mehr in dieser Stadt. Das war eine schlimme Situation. Apropos, wie geht es Allyssa?"

„Sie und Swede sollten spätestens Übermorgen aus Vegas zurückkommen."

„Ich bin froh, dass sie für ein paar Tage Abstand finden konnten", sagte Sheriff Wilson. „Ich plane schon seit einiger Zeit, meine Madam nach Las Vegas zu entführen. Ihr gefallen die Shows und ich mag die Spieltische." Der Sheriff sah sich um. „Ich werde einen Deputy beauftragen, regelmäßig am Haus vorbeizufahren, um den möglichen Angreifer abzuschrecken."

„Vielen Dank, Sheriff", sagte Mia.

Der Sheriff ging die Treppe runter. „Willkommen zurück, Mia. Ich bin froh, dich wieder in der Stadt zu sehen." Er stieg in seinen SUV ein und fuhr davon.

Auch Deputy Maynard ging zu seinem Auto, tippte gegen seinen Hut und sagte: „Schön, dich wieder bei uns zu haben, Mia." Dann fuhr er davon und ließ Mia auf der Veranda zurück, ohne dass sie sich bezüglich ihres Hauses besser fühlte.

„Mach dir keine Sorgen." Sadie umarmte Mia. „Jetzt sind sie weg und Bear kann endlich anfangen, sich um deine Tür zu kümmern."

Ein lautes Knacken hinter ihr erschreckte Mia. Bewaffnet mit einem Hammer und einem Brecheisen hatte sich Bear daran gemacht, den gesplitterten Türrahmen zu entfernen.

„Brauchst du Hilfe?", fragte Hank.

Bear schüttelte den Kopf. „Nein, das geht schon. Danke."

„Ich kann bleiben, wenn du magst", bot Sadie an.

Mia lächelte. „Nein. Ich denke, wir schaffen das auch allein. Solltest du nicht nach Hause gehen und deine Füße hochlegen?"

„Nein, das sollte ich nicht", sagte Sadie. „Aber ich

verstehe schon. Du musst dich deinem Projekt zuwenden." Sie nahm Hanks Hand. „Komm. Ich will mir Wandfarben fürs Kinderzimmer ansehen."

„*Bartlett's Hardware* hat keine große Auswahl."

Sadie lächelte. „Ich weiß."

„Der nächste Baumarkt ist in Bozeman."

Ihr Grinsen wurde breiter. „Ich weiß."

Hank seufzte. „Sieht so aus, als würden wir jetzt nach Bozeman fahren."

„Und dann heißt es immer, dass man Männer nicht erziehen kann." Sadie zwinkerte Mia zu. „Sag mir Bescheid, falls du irgendetwas aus Bozeman brauchen solltest."

„Wenn sie bei *Bartlett's* keine Schlösser haben, könnte es passieren, dass ich anrufe", sagte Bear.

Hank winkte zum Abschied. „Geht klar. Wir werden früh genug zurücksein, damit du das Schloss noch vor Sonnenuntergang einbauen kannst." Er öffnete Sadie die Autotür und sie stieg mit einem breiten Grinsen ein.

Mia hoffte, dass sie eines Tages in der Gegenwart eines Mannes genauso locker und unbeschwert sein konnte. Sadie und Hank waren bezaubernd. Die Liebe zwischen den beiden war deutlich sichtbar.

Ein lauter Knall riss sie aus den Gedanken. Mias Herzschlag beschleunigte sich und sie drehte sich zu Bear.

Er hatte das Brecheisen zwischen zwei Brettern stecken und lehnte sich mit dem ganzen Gewicht dagegen. Mia beobachtete, wie sich seine Muskeln anspannten, das Holz nachgab und splitterte. Er packte das Bruchstück und riss es ab.

„Kann ich dir irgendwie behilflich sein?", fragte Mia.

BEAR RICHTETE SICH auf und ließ seinen Blick über Mia schweifen. Er konnte nichts dagegen tun: Sein Pulsschlag beschleunigte sich wie von allein. Mia war wunderschön, sogar in der weiten Hose und dem T-Shirt. „Eigentlich kannst du das wirklich."

„Ich habe mich noch nie an handwerklichen Aufgaben versucht, aber ich lerne schnell."

„Dafür brauchst du keine speziellen Talente." Er zog einen Schraubenzieher aus seinem Gürtel. „Es wäre mir eine große Hilfe, wenn du die Tür halten könntest, während ich die Schrauben aus den Angeln entferne. Einfach festhalten, damit die Tür nicht umfällt."

„Ich denke, das bekomme ich hin." Mia hielt die Türklinke auf beiden Seiten fest. Gleichzeitig lockerte Bear die Scharniere und verstaute die Schrauben in seiner Hosentasche. Die Tür wackelte.

Bear griff mit dem Arm um Mia und packte die Tür. Er nahm das Gewicht der Tür entgegen und presste sich gegen Mias Rücken. Schmerz schoss durch sein Bein. Er ächzte und kämpfte gegen den Drang an, die schwere Tür loszulassen und zusammenzusacken. Er schloss die Augen und packte zu, bis das Schlimmste vorbei war. Gepresst sagte er: „Ich habe die Tür. Du kannst loslassen."

Mia bewegte sich nicht wie erwartet.

„Du kannst loslassen", wiederholte er.

„Ähm, nein", sagte sie. „Kann ich nicht."

Bear beurteilte die Situation. Sein Blick wanderte zu

ihren Händen, die unter seinen lagen. Er war so konzentriert darauf gewesen, die Tür nicht fallen zu lassen, dass er es nicht bemerkt hatte. „Verdammt, sorry." Er kontrollierte die Tür mit einer Hand und bewegte die andere. Dann wiederholte er die Aktion auf der anderen Seite.

Trotz allem bewegte sie sich nicht. „Ich scheine fest-zustecken."

„Wenn ich mich zu sehr bewege, verliere ich den Halt", sagte er. „Du musst dich selbstständig befreien und zwischen mir und der Tür herausrutschen."

Mia duckte den Kopf unter seinem Arm hindurch und rieb ihren Körper, in dem Versuch freizukommen, gegen seinen.

Je mehr sie sich bewegte, desto bewusster wurde ihm, dass ihm eine Frau so nah war wie schon lange nicht mehr. Sein Schritt wurde immer enger und er hatte die Befürchtung, dass ihm seine Jeans den Blut-fluss zu seinem –

Mia befreite sich und wirbelte dann zu ihm herum.

Die schwere Tür schwankte gefährlich in ihre Richtung. Bear bewegte sich, um sein Gleichgewicht wieder-zufinden und beanspruchte dabei sein verletztes Bein so, dass es zu pochen begann und er in Schweiß ausbrach. Er presste die Zähne fest zusammen. Als er die Kontrolle wiedererlangte, ging er in die Knie, um die Tür auf dem Küchenboden abzustellen und sie an die Wand zu lehnen. Im nächsten Moment ließ er sich auf die Fliesen runter und streckte sein kaputtes Bein, zog die Zehen Richtung Decke und entließ einen leisen Fluch.

Er hasste es, vor anderen Schwäche zu zeigen. Und diesmal sogar vor seiner Klientin! Als wäre das nicht schon schlimm genug, konnte er auch sein primitives Verlangen nicht unterdrücken. Er dachte an den Moment, als sie ihren Hintern gegen seinen Schritt gepresst hatte ...

Im Regelbuch der Brotherhood Protectors – wenn es etwas in der Art gab –, musste doch geschrieben stehen, dass es verboten war, sich zu den Klienten hingezogen zu fühlen. Wenn das der Fall war, wäre er am Arsch. Sein erster Auftrag und er würde kläglich versagen.

KAPITEL 4

MIAS HERZ POCHTE in ihrem Brustkorb. Sie befürchtete, dass es ihr aus der Brust springen könnte. Zwischen Bears Körper und der Tür gefangen zu sein, hatte eine Unmenge an Emotionen in ihr ausgelöst. Trotz allem hatte sie keine Ahnung, *was* ihr Problem war: Hatte sie Angst vor Bear oder vor ihrer Reaktion auf seine Nähe?

Ihr Geschlecht pulsierte. Verlangen – ein Gefühl, das ihr so bisher nicht bekannt war. Es raubte ihr den Atem.

Als sie sich schließlich befreien konnte, legte sie die Hände auf die Knie und nahm tiefe Atemzüge in ihre ausgehungerten Lungen. Dann hörte sie ein dumpfes Geräusch, das sie aufsehen ließ. Bear saß auf dem Küchenboden. Er hatte sein Bein ausgestreckt und rieb über sein Knie und seinen Schenkel, während ihm der Schweiß im Gesicht stand.

Sie drängte ihre unangebrachten Begierden zurück und kniete sich neben ihn hin. „Ist alles in Ordnung?"

„Alles gut", presste er heraus.

„Nein, es ist gar nicht gut." Sie warf einen Blick auf seine Hand, die auch weiterhin über seinen Schenkel rieb.

„Ich sagte doch: alles gut. Lass mich einfach für eine Minute allein."

„Hilft es, den Muskel zu massieren?"

„Ich komme klar. Gib mir eine Minute." Als sie sich nicht vom Fleck bewegte, funkelte er sie mit einem wütenden Blick an. „Hast du nichts Besseres zu tun? An deinem Drehbuch schreiben zum Beispiel?" Er rollte sich auf die Seite und versuchte, sich aufzurichten. Als er Gewicht auf das Bein legte, brach er zusammen und fluchte lautstark.

Mia zuckte zusammen. Sie wollte ihm helfen. Sie streckte die Hand nach seinem Bein aus, doch er schob ihren Arm weg. „Ich brauche keine Hilfe."

Langsam machte sich Wut in ihr breit. „Hör zu, Mister: Du hast offensichtlich Schmerzen. Was ist so falsch daran, sich helfen zu lassen?"

„Du bist meine Klientin. Eigentlich sollte ich *dir* helfen und nicht andersrum."

„So ein Blödsinn. Du hilfst mir doch. Erlaube mir, dir auch zu helfen." Wieder streckte sie ihre Hand nach ihm aus.

Als er sie wieder von sich schieben wollte, bedachte sie ihn mit einem harten Blick. „Stell dich nicht so an. Ich werde dich jetzt massieren, bis deine Schmerzen verklingen. Danach kannst du wieder zu deinem Macho-Selbst zurückkehren, okay?" Sie ließ ihre Hände über sein Knie und seinen Schenkel gleiten. Zuerst behutsam und dann mit etwas mehr Druck. Sie sah ihm in die Augen und fragte: „Besser?"

Bear lehnte sich auf den Händen zurück. „Ja."

Entschlossen fuhr Mia fort, bis Bear ihr Handgelenk umfasste und ihre Bemühungen stoppte. „Du kannst jetzt aufhören."

„Aber wenn es noch wehtut …" Sie fand seinen Blick.

„Wenn du nicht aufhörst, werde ich mich aus einem vollkommen anderen Grund nicht mehr bewegen können."

Irritiert zog sie die Augenbrauen zusammen. „Was meinst du?"

Sein Mundwinkel zuckte und er schüttelte den Kopf. „In der Sache musst du mir einfach vertrauen. Ich fühle mich viel besser, versprochen. Ich denke, ich kann jetzt aufstehen."

Als ihr die Bedeutung seiner Worte klar wurde, schoss Hitze in ihre Wangen. Sofort riss Mia ihre Hände weg und stand auf. „Ähm, okay, wenn du denkst, dass es geht."

„Tut es." Bear fand auf seine Füße und demonstrierte Mia, dass es seinem Bein besser ging. „Siehst du? Besser." Er berührte sie am Arm. „Vielen Dank."

Sie zwang die Röte in ihren Wangen zurück. „Gern geschehen. Jetzt sollte ich mir wohl ein Plätzchen im Büro suchen, um an meinem Projekt zu arbeiten. Wenn du meine Hilfe brauchst, sag Bescheid."

Er stellte die Tür in einem anderen Winkel gegen die Wand, um sie vom Umfallen abzuhalten. „Das werde ich."

Mia hastete aus der Küche, ins Büro und schloss die Tür. Sie lehnte sich an die geschlossene Tür und presste eine Hand gegen ihre Brust: Ihr Herz spielte verrückt. Wieso löste ausgerechnet Bear diese Gefühle in ihr aus?

Nein, er war nicht der Typ Mann, auf den sie normalerweise stand. Zum Teufel nochmal, sie kannte keine Männer wie Bear. Er war groß, robust, muskulös und männlich: Seine breiten Schultern lenkten nur unwillentlich von seinem attraktiven Drei-Tage-Bart ab. Er war nicht wie die typischen Künstler, denen sie bei ihrer Arbeit immer begegnete.

Meistens ging sie Männern aus dem Weg. Sicher, sie hatte Dates, hatte jedoch klare Regeln. Niemals holte der Mann sie ab; Mia bevorzugte es, sich an einem öffentlichen Ort zu treffen. Und niemals ging sie mit einem nach Hause.

Seit ihrer Vergewaltigung hatte sie keinen Sex gehabt. Ein wenig Petting hier und da, aber sobald es um mehr ging, erstarrte sie. Okay, nicht im wahrsten Sinne. Wenn sie ehrlich war, kam es eher einer Panikattacke gleich. Keiner der Männer rief danach wieder an und das beruhigte sie.

Mia war vielleicht keine Jungfrau, dennoch hatte sie noch nie einen Orgasmus erlebt.

Warum kam ihr dieser Gedanke gerade jetzt in den Sinn?

Es lag an ihm. Bear. *Verdammt*, sie wusste nicht einmal seinen richtigen Namen. In der Nacht war keine Zeit gewesen, sich entsprechend vorzustellen. Jetzt war es komisch, den Mann, den sie als Bodyguard angeheuert hatte, nach seinem Namen zu fragen. Sie stieß sich von der Tür weg und versuchte, ihre Fassung wiederzuerlangen. Sie sollte tun, was sie gesagt hatte, und das Büro aufräumen. Wenn sie einen sauberen und ruhigen Ort zum Schreiben hatte, konnte sie bestimmt ein paar Worte aufs Papier bringen.

Mia zerrte am Bund ihrer geliehenen Hose und wusste, dass sie sich darin nicht an die Arbeit machen konnte. Zuerst sollte sie sich etwas Anderes anziehen und dann musste sie sich auf jeden Fall ihrem Gesicht und den Haaren zuwenden. An einer Beziehung war sie zwar nicht interessiert, das hieß jedoch nicht, dass sie sich vernachlässigte.

Sie warf einen Blick in den Flur und Richtung Küche. Sie hörte kein Hämmern und konnte Bear nicht sehen.

Als sie sicher war, dass Bear sie nicht überraschen konnte, rannte sie die Treppe hinauf zu ihrem Schlafzimmer. Hier zog sie sich eine Jeans und ein Tanktop über, hastete ins Badezimmer und trug etwas Concealer unter ihren Augen auf. Zum Schluss verlieh sie ihrem Gericht mit ein wenig Rouge eine Farbe, die sie wieder lebendiger aussehen ließ. Sofort fühlte sie sich besser und präsentabel. Sie verließ das Badezimmer und rannte direkt in eine Wand aus Muskeln.

Bear packte sie an den Oberarmen.

Als Mia ihr Gleichgewicht wiedergefunden hatte, ließ Bear von ihr ab und trat einen Schritt zurück. „Sorry, ich wollte dich nicht unerwartet packen und die erste Regel brechen."

„Schon gut. Es war meine Schuld. Ich habe nicht

geschaut, bevor ich aus der Tür geprescht bin. Es ist eigentlich auch keine Regel, eher eine Richtlinie."

Sein Mundwinkel zuckte und formte sich zu einem Lächeln. „Normalerweise wäre ich auch nicht hier oben, aber ich brauche ein paar Dinge. Hast du Zeit, um in den Baumarkt zu fahren?"

Sie schnaubte. „Da ich mich bisher weder dem Saubermachen noch dem Schreiben zugewandt habe, können wir gerne losfahren."

„Wir müssen nicht sofort los, wenn du noch etwas zu erledigen hast", sagte Bear.

„Nein, ich will dich nicht zurückhalten. Die Tür muss vor der Dunkelheit fertig sein." Sie kicherte. „Lass uns einfach los. Hoffentlich gewöhnen wir uns bald aneinander, damit es sich nicht mehr so merkwürdig anfühlt."

Er grinste. „Du bist mein erster persönlicher Auftrag. Ich will es nicht versauen."

„Und du bist mein erster Bodyguard. Zusammen kriegen wir das schon hin." Von der Kommode schnappte sie sich ihre Handtasche. „Mein Auto oder deins?"

„Mein Pickup – falls du weitere Sachen aufladen willst, die wir zum Reparieren und Renovieren brauchen könnten. Ich habe alles inspiziert und eine Liste im Kopf."

Mia folgte ihm zu seinem Auto. „Was hast du bei der Inspektion gefunden?"

„Die hintere Veranda ist am Absacken, die Stufen verrotten und ich denke, dass du im Dachvorsprung ein Hornissennest hast."

„Echt?" Mia verzog das Gesicht. „Darum sollten wir uns auf jeden Fall kümmern. Schließlich will ich nicht, dass Gäste durch die Verandabretter fallen und von Hornissen attackiert werden."

Bear führte sie zur Beifahrerseite und öffnete die Tür. Mia stieg ein und war sich dabei Bears massigem Körper viel zu bewusst. Er lief ums Auto und glitt hinters Steuer. Er startete den Motor und legte den Rückwärtsgang ein.

Mit Bear in dem beengten Auto zu sein, heizte ihren Puls an. Auf eine ganz andere Weise als bei einer Panik-attacke. Diese Empfindung war neu für Mia. Sie war eindeutig erregt.

Es gelang ihr nicht, die Augen auf der Straße zu behalten. Immer wieder driftete ihr Blick zu Bear.

Am Ende der Einfahrt hielt er an und bog dann auf den Highway. Ohne sie anzusehen, fragte er: „Wie ist es passiert?"

Seine Frage katapultierte Mia in die Realität zurück. „Wie bitte?"

Sein Ton wurde sanfter. „Vor dreizehn Jahren. Wie ist es passiert?"

Mia starrte in die Ferne. Das Blut schoss durch ihre Venen und Schweiß bildete sich über ihrer Oberlippe.

„Wenn du nicht darüber reden willst, verstehe ich das. Um herauszufinden, wer es getan hat, würde es allerdings helfen, so viele Details wie möglich zu kennen. Irgendwann musst du mit jemandem darüber reden."

Mias Blick fiel auf die Ecke, an der sie vor all den

Jahren immer aus dem Bus ausgestiegen war und ihren Freunden hinterher gewunken hatte.

„Vergiss es. Ich will nicht, dass du dich unwohl fühlst." Bear bewegte den Fuß vom Brems- zum Gaspedal.

„Es war ein Schultag wie jeder andere", platzte Mia heraus. „Dort bin ich aus dem Bus gestiegen, so wie ich das auch in den sieben Jahren davor getan habe."

Sie betrachtete die Bäume und die Büsche gleich dahinter. „Er muss in den Büschen gelauert haben. Ich habe ihn nicht gesehen, bis es zu spät war."

Ihre Finger krallten sich an den Armlehnen fest. „Dann wurde mir etwas über den Kopf gezogen. Ein Sack oder etwas Ähnliches. Ich konnte nichts mehr sehen. Was auch immer es war, bedeckte meinen Kopf, meine Schultern und die Oberarme. Im nächsten Moment wickelten sich Arme um mich. Ich schrie und trat um mich, aber es war sinnlos. Er warf mich über eine Schulter, trug mich ein paar Meter und legte mich auf den Rücksitz eines Autos. Er ist über schlecht befahrbare Straßen gefahren und kam schließlich zum Stehen."

Ein Schauer jagte durch ihren Körper. Es herrschte Stille, als Mia die grenzenlose Angst und den Schmerz noch einmal durchlebte.

Bear nahm ihre Hand und drückte zu. „Du musst nicht weitererzählen."

Mia empfand seine große Hand als Trost. „Nein, es ist schon in Ordnung. Manchmal gebe ich vor, dass es einer anderen Person passiert ist und dass ich nicht diese Erfahrung durchleben musste. Dann habe ich ein schlechtes Gewissen, denn das würde ich niemandem wünschen. Es war der schlimmste Tag meines Lebens." Sie sah auf seine Hand und sah die Narben. „Du musst mich für albern und jämmerlich halten." Mit einer Fingerspitze zeichnete sie eine Narbe auf seinem Handrücken nach.

„Niemals." Er fand ihren Blick. „Warum denkst du das?"

Sie zuckte mit den Achseln. „Ich wurde vergewaltigt und habe überlebt. Schließlich ist es nicht so, dass ich ein Bein verloren oder eine Verletzung an der Wirbelsäule erlitten habe. Ich bin intakt aus der Sache herausgekommen."

Bear schüttelte den Kopf. „Niemand kommt aus einer Erfahrung wie dieser intakt heraus. Ich nehme an, dass du mit posttraumatischen Belastungsstörungen zu kämpfen hattest, genau, wie das bei Soldaten der Fall ist, die Angriffe im Krieg überleben."

Sie zuckte mit den Schultern. „Posttraumtische Belastungsstörung? Ich weiß nicht genau. Es gibt viele Männer und Frauen, die weitaus Schlimmeres ertragen mussten, und es trotzdem schaffen, ein normales Leben zu führen."

„Und viele davon begehen Selbstmord, weil sie den Alltag nicht bewältigen können." Bear schüttelte den Kopf. „Wie hast du es geschafft, deinem Angreifer zu entkommen?"

„Er hat mich festgebunden an einem Baum zurückgelassen. Er hat wohl gedacht, dass ich die Nacht nicht überlebe. Obwohl es sehr kalt geworden ist, gab ich nicht auf. Ich habe das Seil am Baumstamm gerieben, bis es schließlich gerissen ist. Als ich den Sack von meinem Kopf entfernte, war es bereits dunkel. Ich hatte keine Ahnung, in welche Richtung ich gehen sollte. Ich erinnere mich, dass ich mich um meine Eltern gesorgt hatte. Ich fragte mich die ganze Zeit, ob sie meinen Rucksack gefunden oder die Schule angerufen hatten, um zu fragen, ob ich in den Bus nach Hause eingestiegen bin."

Bear fuhr in die Stadt, verringerte das Tempo und erlaubte Mia, ihre Geschichte zu beenden. Dafür war sie ihm sehr dankbar.

„Meine Kleidung konnte ich finden, aber nicht meine Schuhe. Ich zog mir meine Sachen an und lief los. Es dauerte ziemlich lange, bis ich eine asphaltierte Straße erreichte. Ich lief und lief, barfuß, blutend und unter Schock." Sie sog scharf den Atem ein. Die Vorstellung, dass dieses furchtbare Erlebnis nicht ihr passiert war, legte sich wie eine Decke über sie und schützte sie vor den qualvollen Erinnerungen.

„Nach langer Zeit konnte ich in der Ferne ein Licht sehen. Es waren Scheinwerfer. Ich hatte Angst, dass es mein Vergewaltiger sein könnte, weshalb ich in die Büsche sprang und mich versteckt hielt, bis das Auto vorbeigezogen war. Dann lief ich weiter. Schließlich kam ich zu einem Briefkasten. Der nächste hatte meinen Nachnamen. Ich hatte es an den Ort geschafft, an dem mein Grauen begonnen hatte. Keine Ahnung, wie mir das gelungen war. Ich bin die Einfahrt hochgerannt, durch die Tür gepresst und in den Armen meiner Mutter zusammengebrochen."

„Wenn du deinen Eltern nichts von dem Vorfall

erzählt hast, wie hast du dann dein Verschwinden und dein Aussehen erklärt?"

„Ich habe ihnen gesagt, dass ich im Wald einen Hasen gejagt, mich verlaufen habe und in eine Schlucht gefallen bin. Sie hatten sich Sorgen um mich gemacht und den Sheriff benachrichtigt. Als ich auftauchte, war bereits die halbe Stadt auf der Suche nach mir."

„Warum hast du deinen Eltern nicht erzählt, was wirklich passiert war?"

Sie lachte. Ihr Lachen machte Bear Angst, weil es sich merkwürdig hohl anhörte. „Ich war sechzehn, hatte Angst und schämte mich so sehr."

„Verdammt, Mia. Du hattest keinen Grund, dich zu schämen. Du bist brutal misshandelt worden."

„Jetzt weiß ich das. Mit sechzehn konnte ich nur daran denken, was meine Freunde denken würden. Sie hätten mich anders angesehen. Zum Teufel, sogar ich sah mich anders. Viele meiner Freunde hatten zu der Zeit bereits ihr erstes Mal hinter sich gehabt. Ich wollte nicht das Opfer sein. Ich wollte nicht bemitleidet werden."

„Und warum hast du es nicht dem Sheriff erzählt, als er vorhin vorbeigekommen ist?"

Mia zuckte mit den Achseln. „Es ist vor dreizehn Jahren passiert. Ich bin mir ziemlich sicher, dass die Tat bereits verjährt ist."

„Weißt du das sicher?"

Sie seufzte. „Nein. Um dir die Wahrheit zu sagen: Ich würde gerne warten und sehen, ob ich die Sache ohne größeres Aufsehen klären kann."

„Aber, Mia, es sollte größeres Aufsehen geben! Der Kerl sollte an den Pranger gestellt werden."

„Ich weiß. Ich will nicht die ganze Stadt für einen Kerl auf den Kopf stellen, der hier vielleicht nicht mehr lebt. Es könnte doch sein, dass der Angreifer woanders herkam, oder?"

„Er hat sich in den Büschen versteckt und auf dich gewartet", sagte Bear. „Der Kerl musste dich gekannt haben. Er muss dich oft genug beobachtet haben, um zu wissen, wann du aus der Schule kommst und dass niemand am Bus auf dich wartet."

Daran hatte Mia auch gedacht. „Trotzdem möchte ich nicht das Leben von Menschen durcheinanderbringen, die nichts damit zu tun haben. Stell dir nur vor, was passiert, wenn Unschuldigen die Tat angehängt wird."

„Wenn du den Kerl finden willst, musst du Fragen stellen", bestand Bear auf seine Meinung.

„Vielleicht bin ich mir einfach nicht sicher, ob ich ihn überhaupt finden will!", spie Mia.

Bear entließ ihre Hand. „Tut mir leid. Ich dachte, dass du deswegen nach Eagle Rock gekommen bist."

„Ich bin zurückgekommen, um mein Drehbuch zu schreiben und mein Elternhaus in Ordnung zu bringen." Mia schloss die Augen und konzentrierte sich darauf, ihre Fassung nicht zu verlieren.

Für die nächsten Minuten schwieg sie. Mia wusste genau, was sie zu tun hatte. Trotz allem war die Aussicht nicht besser als vor dreizehn Jahren. Sie atmete tief ein und öffnete die Augen. „Du hast recht. Ich bin zurückgekommen, weil mir ständig die Frage durch den Kopf geistert, ob es jemandem genauso ergangen ist wie mir. Ist durch mein Schweigen jemand anderes zu Schaden gekommen? Der Gedanke bringt mich noch um. Wenn ich die Vergewaltigung damals angezeigt hätte, hätte mein Angreifer vielleicht geschnappt und ins Gefängnis gesteckt werden können. Stattdessen läuft er frei herum und kann sich auch weiterhin an unschuldigen Mädchen vergreifen. Nur weil ich ein Feigling bin, könnten andere verletzt werden."

„Andere könnten verletzt worden sein, weil er ein Schwein ist. Du trägst an seinen Taten keine Schuld, Mia. Er ist der Böse hier."

Bear lenkte das Auto durch die Stadt und Mia betrachtete die vorbeiziehenden Autos und Fußgänger mit unangenehmer Melancholie. „Ich habe keine Ahnung, wer es gewesen sein könnte."

„Gab es jemanden, der dich angemacht hat und dem du einen Korb gegeben hast?"

Mia schüttelte den Kopf. „Auf dem Gebiet war ich nun wirklich keine Expertin. Sicher, ich beobachtete, wie Jungs mit Mädels flirteten, aber ich denke, dass ich ein Spätzünder war. Es war eine kleine Schule und jeder kannte jeden."

„Übersetzung: Er kannte dich und du kanntest ihn", flüsterte Bear.

Ein Schauder ergriff von Mia. „Soweit ich weiß, gab es niemanden, der mir etwas Schlimmes wünschte. Ich war introvertiert und mochte meine Bücher mehr als Jungs. Meine Freundin Kylie war die Gesellige, die

Cheerleaderin und die Beliebte. Warum würde mich jemand als Ziel auswählen?"

„Vielleicht hat er dich als Herausforderung gesehen", sagte Bear.

Irritiert sah Mia ihn an. „Als Herausforderung?"

Bear nickte. „Widerliche Bastarde, die es als Herausforderung sehen, ob sie mit einer Tat wie dieser davonkommen. Mit Frauen, die vielleicht zu schüchtern sind, um die Tat bei der Polizei zu melden und die Attacke anzuzeigen – vorausgesetzt natürlich, dass sie die Misshandlung überlebt haben und ihre Erlebnisse weitertragen können."

Genau das hatte Mia getan. Oder nicht getan.

Sie zeigte nach rechts. „Zu dem Geschäft wollen wir."

Bartlett's Hardware befand sich in einem kleinen Gebäude, das so alt war wie die Stadt selbst. Die Fenster waren von Staub und Dreck undurchsichtig. Das Schild über der Tür lehnte nach rechts und sollte dringend gerichtet werden. Die harten Winter in Montana hatten nicht viel Farbe am Gebäude gelassen.

Für größere Projekte fuhren die meisten nach Bozeman. Dort gab es einen neuen Baumarkt mit riesiger Auswahl. Bei *Bartlett's* konnte man nur die wichtigsten Dinge finden. Nägel, Bretter und alles, was man brauchte, um Zäune zu reparieren.

Als sie noch klein war, hatte Mia ihren Vater immer zu *Bartlett's* begleitet. Die Gänge waren gefüllt mit interessanten Dingen. Geduldig hatte ihr Vater all ihre Fragen beantwortet – von Schmelzsicherungen bis hin zu Gartenscheren.

Ihre Brust schmerzte beim Eintreten in den Laden. Sie erwartete fast, ihren Vater zu sehen, wie er Nägel in eine Papiertüte füllte.

„Mia?", sagte eine Stimme von der anderen Seite des Geschäftes.

Mia hob den Kopf und sah in ein bekanntes Gesicht: Dreizehn Jahre waren eine lange Zeit, aber sie erkannte Phillip Townsend sofort. Noch immer groß, füllte er jetzt sein Shirt mit seinen Schultern und Armen problemlos aus. Mia erinnerte sich nur an einen langen, schlaksigen Kerl, der seine Gliedmaßen genauso gut unter Kontrolle hatte wie ein junges Reh. Die Football-Spieler hatten ihn ständig gemobbt.

Mia winkte ihm zu. „Hi, Phillip."

Er stand hinter der Kasse und sagte: „Sag Bescheid, wenn du Hilfe brauchst."

Mia nickte und drehte sich zu Bear – gerade recht- zeitig, um zu sehen, wie Bear Phillip anfunkelte. Sie berührte seinen Arm. „Was brauchen wir?"

„Nägel, Holzschrauben, weiße Fassadenfarbe und Holz", sagte Bear. „Ich hole die Nägel und die Schrau- ben. Wir können uns an der Kasse wieder treffen." Ihr Bodyguard ging im Stechschritt nach links, durch einen Gang mit Metallkisten, in denen Muttern, Schrauben und Nägel in allen Formen und Größen zu finden waren.

Mia spazierte durch den Gang daneben, betrachtete Scharniere und Türgriffe, ohne sich wirklich dafür zu interessieren. Es ging ihr lediglich um die Erinne- rungen an ihren Vater und diese erfüllten sie mit Trauer.

Phillip tauchte neben ihr auf. „Die Scharniere sind im Angebot. Zwei zum Preis von einem."

Mia lächelte. „Danke. Ich bin mir nicht sicher, ob wir Scharniere brauchen. Wir sind hier, um Bretter, Schrauben, Nägel und Farbe zu kaufen. Mein Bod – mein Handwerker will am Haus ein paar Dinge reparieren."

Bear kam in den Gang gelaufen. In der Hand trug er zwei kleine Tütchen, die mit Nägeln und Schrauben überquollen. „Ich brauche noch zweieinhalb Meter lange Kiefernbretter mit einer Breite von zehn Zentimetern und einer Stärke von fünf Zentimetern. Außerdem benötige ich acht Terrassendielen in der Länge von drei Metern, der Breite von fünfzehn Zentimetern und einer Stärke von zweieinhalb Zentimetern."

Phillip nickte. „Erst gestern kam eine Wagenladung rein. Ich sag den Jungs Bescheid, dass sie draußen die gewünschte Menge zur Seite legen." Er hastete zum Ladentisch zurück und nahm den Hörer eines alten Drehscheibentelefons in die Hand.

Mia wollte Phillip folgen. Allerdings wurde sie von Bears Hand auf ihrem Arm zurückgehalten. „Kennst du ihn?"

„Wir sind zusammen zur Schule gegangen", sagte Mia. Sie betrachtete Bears Gesichtsausdruck und runzelte die Stirn. „Du denkst doch nicht, dass er derjenige sein könnte, oder?"

„Er ist ein Mann." Er presste seine Lippen aufeinander. „Alle Männer in Eagle Rock sind Verdächtige, bis die Unschuld bewiesen ist."

Mia zog die Augenbrauen zusammen. „Genau

deswegen will ich keine Anzeige machen. Phillip ist der netteste Kerl, den ich kenne. Ich bezweifle, dass er damals die Kraft hatte, mich auf diese Weise herumzuzerren. Er kam einem Ast gleich – lang und wahnsinnig schmächtig."

„Du wärst überrascht, was ein dünner, schmächtiger Mann tun kann, wenn er sich etwas in den Kopf setzt."

„Ja, na ja, Phillip war es nicht", sagte Mia und marschierte zum Ladentisch.

Phillip sah vom Telefonat auf und lächelte. „Die Jungs bringen die Bretter. Wo sollen sie aufgeladen werden?"

„In den schwarzen Pickup", sagte Bear.

„Sie sind Mias Handwerker?", fragte Phillip.

Bear nickte und streckte ihm die Hand entgegen. „Tate Parker."

Phillip streckte den Arm über den Ladentisch und schüttelte Bears Hand. „Phillip Townsend."

Jetzt kannte Mia also Bears richtigen Namen. *Tate Parker.* Sie musterte ihn durch ihre langen Wimpern hindurch. Ja, sie konnte ihn als einen Tate sehen, aber Bear passte besser.

„Ich bin froh, dass Mia wieder in der Stadt ist", sagte Phillip. „Wir haben sie in Eagle Rock schon seit ..." Sein Lächeln verblasste und sein Blick fand den von Mia. „Sorry."

Der Verlust ihrer Eltern traf Mia noch immer wie ein Blitzschlag. Sie versuchte, sich zu fassen und sich auf den Mann vor ihr zu konzentrieren. „Schon okay. Ich bin seit der Beerdigung nicht wieder hier gewesen." Sie nahm seine Hände in die ihre. „Aber wie geht's dir?

Beim letzten Besuch bin ich nicht dazugekommen, eine Runde zu drehen und zu quatschen. Warst du nicht verlobt? Ich dächte, meine Mutter hätte etwas in der Art erwähnt."

Phillips Hände spannten sich an, bevor er ihr beide entriss. „Das war ich. Jetzt nicht mehr."

„Das tut mir leid", sagte Mia.

„Allyson und ich wollten letzten August heiraten. Alles war bereits geplant: Der Ort war gebucht, die Brautjungfern standen bereit und das Kleid war gekauft."

Der unbändige Schmerz in Phillips Gesicht war mehr, als Mia ertragen konnte. Sie berührte seinen Arm und fragte: „Was ist passiert?"

Er verzog die Lippen. „Ich weiß es nicht. Sie war so glücklich und freute sich auf die Hochzeit." Er senkte den Blick. „Und am nächsten Tag war sie auf einmal tot."

Mia schnappte nach Luft und presste die Finger an ihren Mund. Mit dieser Information hatte sie nicht gerechnet. „Was ist passiert?"

Phillip hob den Kopf, schaffte es jedoch nicht, ihr in die Augen zu sehen. „Ich wünschte wirklich, dass ich diese Frage beantworten könnte. Vielleicht hatte sie die Hochzeitsvorbereitungen zu sehr gestresst. Ich dachte, es wäre alles in Ordnung bei uns. Wir hatten einen Plan. Und dann war sie auf einmal nicht mehr bei uns."

„Das tut mir so leid", sagte Mia.

„Ich wünschte wirklich, ich hätte gewusst, wie unglücklich sie war. Ich hätte alles getan, um ihr zu helfen. Ich hätte sie gehen lassen. Ich habe sie so sehr geliebt, dass ich sie hätte gehen lassen. Ich wünschte einfach, ich hätte die Anzeichen erkannt."

„Anzeichen?" Mia runzelte die Stirn. „War sie krank?"

Phillip nickte. „Allyson hat Selbstmord begangen."

Mias Herz setzte aus. Die wunderschöne Allyson Severs, mit ihren dunklen Haaren und den leuchtend blauen Augen, hatte immer ein Lächeln auf den Lippen gehabt. Wie konnte ein Mensch, dessen Aura so hell strahlte, von dieser destruktiven Energie besessen sein?

Mia bezahlte für die Bretter, Nägel, Schrauben und die Farbe. Dann verließ sie schweren Herzens das Geschäft. Als Bear mit dem Auto auf die Straße einbog, sagte Mia: „Fahr an der ersten Kreuzung nach rechts."

„Wohin willst du?", fragte Bear.

„Zum Friedhof", sagte Mia. „Ich war seit der Beerdigung vor eineinhalb Jahren nicht mehr dort." Sie wandte sich von Bear ab und sah aus dem Fenster. Sie konnte die Tränen nicht zurückhalten, die ihr über die Wangen rannen.

Sie hatte nicht erwartet, dass eine Rückkehr nach Eagle Rock einfach werden würde. Doch es war sogar noch schlimmer als erwartet.

KAPITEL 5

BEAR PARKTE DAS Auto auf dem Kieselparkplatz vor der kleinen Holzkirche. Ein schmiedeeisernes Tor bot Zugang zum Friedhof, auf dem unzählige Grabsteine mit den Namen der Verstorbenen standen.

Mia starrte aus dem Fenster. Sie machte nicht den Anschein, aussteigen zu wollen. Tränen bahnten sich weiter einen Weg über ihre Wangen und ihr Blick schien sich zu verlieren.

Bears Brust zog sich schmerzhaft zusammen. Er wusste genau, wie es sich anfühlte, geliebte Menschen zu verlieren. Er und seine Kameraden bei der Armee hatten so viel durchgemacht. Wenn einer starb, trauerten die anderen. Niemals würde Bear die Gesichter seiner gefallenen Freunde vergessen.

Jetzt vor einem Friedhof zu sitzen, erinnerte ihn an seine Kameraden und die Familien, die die flaggenbedeckten Särge am Flughafen entgegennehmen mussten. Er zwang die überwältigenden Emotionen zurück und stieg aus. Sein Bein brannte, dennoch ließ er sich nicht in seinem Tun ausbremsen: Er umrundete den Wagen und öffnete Mia die Tür.

Sie bewegte sich nicht, aber er bewies Geduld.

Im nächsten Moment rutschte sie über den Sitz und verpasste beim Aussteigen das Trittbrett. Hätte Bear sie nicht aufgefangen, wäre sie gefallen – schon wieder. Er zog sie gegen seine Brust und stolperte nach hinten. Nachdem er sein Gleichgewicht wiedererlangt hatte, lockerte er seinen Griff und fand ihren Blick.

„Danke." Mia schob sich die Haare aus dem Gesicht und legte dann ihre Hände auf seine Arme. „Ich denke, du kannst mich loslassen."

Bear ließ sie los und folgte ihr an den Grabsteinen vorbei. Er gab ihr den Abstand, den sie brauchte, und lief zehn Meter hinter ihr.

Mia wanderte durch die Reihen. An einem großen Grabstein kam sie zum Stehen. Die darauf verewigten Namen waren Harvey und Lois Chastain. Basierend auf den Jahreszahlen handelte es sich hierbei um Mias Großeltern. Sie strich mit der Hand über den aalglatten Granit und ging dann weiter. Am hinteren Ende des Friedhofes hielt sie wieder an. In dieser Reihe erstreckten sich die Gräber nicht bis ans Ende, wie das zuvor der Fall gewesen war.

Am zweiten Grab, einem grau-rosafarbenen Granit-grabstein, hielt Mia an, ließ sich auf ihre Knie fallen und starrte auf die Namen.

Bear lehnte sich gegen einen Baum und gab Mia die Zeit, die sie an dem Grab ihrer Eltern brauchte. Sie sprach mit ihnen und wischte sich zwischendurch immer wieder Tränen von den Wangen. Dann legte sie sich auf dem Bauch ins Gras. Bear machte sich zu ihr auf, stoppte allerdings, als er eine andere Frau sah, die sich am Ende der kurzen Reihe aufrichtete.

Blonde Haare durchzogen mit grauen Strähnen umrahmten ein trauriges Gesicht. Die Frau legte eine einzelne rosafarbene Rose aufs Grab, küsste ihre Handfläche und schickte den Luftkuss gen Grab. Dann drehte sie sich Richtung Mia und runzelte die Stirn. „Mia? Mia Chastain? Bist du das?"

Mia erhob sich und fand den Blick der Frau. „Oh, Mrs. Severs. Ich habe gerade erst von Allyson erfahren. Es tut mir so leid. Ich habe Allyson immer sehr gern gehabt. Jeder liebte sie."

Während Mrs. Severs den Abstand zu Mia überwand, näherte sich Bear den beiden.

Mrs. Severs zog Mia an ihre Arme und wog sie so, wie eine Mutter das mit ihrem Baby tun würde. Für eine lange Zeit umarmten sich die zwei Frauen.

Bear blieb zurück; er wollte den berührenden Moment nicht stören.

Letztendlich lehnte sich Mrs. Severs zurück und hielt Mia an den Oberarmen weiterhin nah bei sich. „Es tut mir leid, was mit deinen Eltern passiert ist."

Mia wischte sich die Tränen aus den Augen. „Danke. Bis heute hatte ich keine Ahnung, das Allyson nicht länger unter uns weilt."

Bear näherte sich Mia, als Mrs. Severs von ihr abließ. Ihre Schultern sackten zusammen. In dem Moment sah sie über Mias Schulter und erblickte Bear.

„Das ist mein Handwerker. Tate Parker", sagte Mia. „Wir haben uns bei *Bartlett's* mit Phillip unterhalten. Er kann es noch immer nicht fassen. Er meinte, dass sie bezüglich der Hochzeit so aufgeregt war. Alles schien einfach perfekt zu sein."

Mrs. Severs Lippen zeigten ein Lächeln, das ihre Augen nicht erreichte. „Noch nie hatte ich sie so glücklich gesehen. Die Hochzeitsvorbereitungen haben ihr Spaß bereitet. Allyson und Phillip waren perfekt füreinander. Und dann, völlig unerwartet, fühlte es sich an, als hätte jemand das Licht in ihr ausgeknipst. Ihr Vater und ich hatten das Wochenende in unserer Berghütte verbracht. Bei unserer Rückkehr schien Allyson völlig verändert. Sie verschanzte sich im Zimmer und aß nicht mehr. Jedes Mal, wenn wir versuchten, mit ihr zu sprechen, hat sie die Tür verschlossen und geweint." Die ältere Frau konnte die Worte nur unter größter Anstrengung herauspressen.

Mia wickelte einen Arm um Mrs. Severs, während sich ihre eigenen Augen mit Tränen füllten.

„Wir haben mit Phillip gesprochen", fuhr sie fort. „Er meinte, dass er mit Allyson seit unserer Abreise nicht mehr gesprochen hatte. An dem Abend waren sie ausgegangen und alles wäre gut gewesen. Sie sprachen über die Hochzeitsreise und er meinte immer wieder, wie glücklich sie waren. Am nächsten Morgen hat er sie angerufen. Sie ging nicht ans Handy, weshalb er zum Haus fuhr, um mit ihr zu sprechen. Aber sie kam nicht an die Tür. Er ist ums Haus gelaufen und hat an ihr Fenster geklopft. Sie kam zum Fenster und sagte ihm, dass es ihr nicht gut ging und sie ihn nicht anstecken wolle.

„Als wir nach Hause gekommen sind, konnten wir

ihr ansehen, dass sie geweint hatte, aber sie wollte nicht darüber sprechen. Zwei Tage ging es so. Am dritten Morgen nach unserer Rückkehr …" Mrs. Severs sog scharf den Atem ein. „… haben wir sie in ihrem Schlafzimmer gefunden. Sie hat sich am Deckenventilator erhängt."

Bears Herz schmerzte für die Mutter. Eltern sollten ihre eigenen Kinder nicht überleben. Er konnte sich nicht vorstellen, wie es sich anfühlte, sein eigenes Kind auf diese Weise aufzufinden.

Mia hielt Mrs. Severs lange in den Armen. Die Schultern der älteren Frau bebten mit lautlosen Schluchzern.

„Warum?", flüsterte Mia. „Sie war so bezaubernd und hatte immer ein Lächeln auf den Lippen. Ich verstehe es einfach nicht."

Mrs. Severs zog ein Taschentuch heraus, tupfte sich die Tränen aus den Augen und putzte sich dann die Nase. „Wir wissen es nicht. Ich habe nach einer Notiz gesucht – nach etwas, das mir eine Erklärung geben würde, die ich mir so verzweifelt wünsche … doch nichts. Ich habe nur ihren Verlobungsring gefunden. Er lag auf dem Nachttisch."

„Hatte sie einen Streit mit Phillip?", fragte Bear.

„Phillip war genauso fassungslos wie wir. Er schwor, dass es an dem Abend, an dem sie ausgegangen waren, keinen Streit gegeben hatte. Alles war wie immer, als er nach Hause gegangen ist." Mrs. Severs atmete zittrig ein. „Ich habe mir den Tagebucheintrag von diesem bestimmten Tag durchgelesen und hoffte, dort auf etwas zu stoßen." Die Frau hielt mit gerunzelter Stirn inne.

„Was haben Sie gefunden?"

„Es war merkwürdig. Sie hatte über das Date mit Phillip geschrieben. Es ging vor allem um die Pläne für die bevorstehende Hochzeitsreise. Ihre Worte sprühten vor Glück. Dann, mitten im Satz, endete der Eintrag. Ich fand das Tagebuch unter ihrem Bett. Es lag aufgeklappt darunter, als wäre es vom Schreibtisch gefallen und unters Bett getreten worden."

Bears Nackenhaare richteten sich auf. Er berührte Mias Rücken.

Sie sah über ihre Schulter, nickte und wandte ihre Aufmerksamkeit erneut der älteren Frau zu. „Mrs. Severs, würde es Ihnen etwas ausmachen, wenn ich mir das Tagebuch ansehe?"

Sie schüttelte den Kopf. „Nein. Das kannst du gerne tun. Ich weiß nur nicht, warum du das tun willst. Nichts wird meine Allyson jemals zurückbringen."

Mia drückte Mrs. Severs' Hand. „Es tut mir so leid. Allyson war meine Freundin. Ich würde einfach gerne über die letzten Tage ihres Lebens erfahren, um meinen Frieden zu finden."

„Natürlich", sagte Mrs. Severs. „Phillip war uns eine große Hilfe. Der arme Kerl scheint völlig verloren ohne sie. Ich bringe es nicht übers Herz, ihm zu sagen, dass es schmerzt, wenn er uns besuchen kommt. Seine Präsenz bringt sofort Erinnerungen an Allyson zurück. Mittlerweile wären sie bereits verheiratet. Vielleicht wäre sie sogar schon schwanger mit unserem ersten Enkelkind.

Jetzt wird uns dieser Segen für immer verwehrt bleiben."

Mit geschlossenen Augen stand sie vor Mia, während Tränen über ihre Wangen kullerten. Nach einer Weile wischte sie sich die Tränen aus dem Gesicht. „Wenn du dir das Tagebuch ansehen möchtest, komme bitte zur Mittagszeit bei uns vorbei. Ich möchte sichergehen, dass mein Mann bei der Arbeit ist und davon nichts erfährt. Die Erwähnung von Allysons Namen versetzt ihm jedes Mal einen Stich ins Herz. Du weißt doch sicher noch, wie nah sich die beiden waren."

Mia nickte. „Ich erinnere mich." Sie hakte ihren Arm bei Mrs. Severs ein. „Ich werde Sie zum Auto begleiten."

„Vielen Dank, meine Liebe", sagte Mrs. Severs.

Bear lief auf der anderen Seite der gebrochenen Frau, um sie auffangen zu können, falls ihre Trauer sie zu überwältigen suchte. Als sie an ihrem Auto ankamen, half er ihr hinters Steuer.

Mia lehnte sich in die offene Tür. „Würde es Ihnen etwas ausmachen, wenn wir Ihnen jetzt zum Haus folgen und einen Blick ins Tagebuch werfen?"

Mrs. Severs sah auf die Uhr. „Ich denke, das wäre okay. Ich habe heute nichts weiter vor. Zumal ich nach meinen Besuchen bei Allyson sowieso nichts mehr zustande bekomme."

„Ich könnte Sie nach Hause fahren, wenn Sie möchten", bot Mia an.

Bears Hände ballten sich zu Fäusten. Er wollte nicht, dass sie bei jemand anderem mitfuhr. Wie sollte er sie dann beschützen?

„Nein, das wird nicht nötig sein, meine Liebe. Die

Fahrt nach Hause werde ich schon schaffen." Zaghaft lächelte sie Mia an. „Ich bin traurig, nicht hilflos."

„Wir sind genau hinter Ihnen", sagte Mia, bevor sie die Autotür zumachte.

Mrs. Severs fuhr los und bog auf die Straße, die wieder in die Stadt führte.

Mia und Bear beeilten sich, um ihr folgen zu können.

Als die beiden im Auto saßen, drehte sich Mia Bear zu. „Ich wollte nach meiner Vergewaltigung auch mit niemandem reden."

„Wir wissen nicht mit Sicherheit, warum sich Allyson zurückgezogen hat", sagte Bear. „Ihr Verhalten könnte auch einen anderen Grund haben."

„Aber wenn er es war …" Mia schlug mit der Faust auf die Armlehne. „Wenn ich doch nur –"

Bear legte seine Hand auf ihren Arm. „Hör auf. Du bist für die Taten von diesem Arschloch nicht verantwortlich."

„Du kanntest Allyson nicht", erhob Mia ihre Stimme. „Sie war wunderschön, von innen und außen, und liebte das Leben. Ich weiß nicht, was sonst dazu geführt haben könnte, dass sie sich das Leben nimmt. Auch ich hatte eine Phase, in der ich mich nach dem Vorfall umbringen wollte. Aber dazu war ich zu feige."

„Mia, du warst alles andere als ein Feigling. Du warst mutig. Du hast dein Leben weitergeführt, obwohl dich deine Ängste und Unsicherheiten niemals losgelassen haben." Bear schüttelte den Kopf. „Du bist eine erstaunliche Frau. Sadie meinte, dass du Drehbücher für Filme schreibst. Die Drehbücher, die deiner Fantasie entspringen, bringen Menschen zum Lachen, Weinen und lösen unvorstellbare Emotionen in ihnen aus."

„Dennoch könnte Allyson heute noch am Leben sein, wenn ich vor dreizehn Jahren mein Schweigen gebrochen hätte."

„Das weißt du nicht."

„Aus welchem Grund hätte sich eine lebensfrohe Frau, die vor dem glücklichsten Tag ihres Lebens stand, sonst an einem Deckenventilator aufhängen sollen?"

Bear fand keine Erklärung für Allysons Selbstmord. Nur Allyson könnte diese Frage beantworten. Unglücklicherweise weilte sie nicht länger unter den Lebenden. Sie hatte ihrer Qual ein Ende gesetzt.

Bears Finger spannten sich ums Lenkrad an. Wenn er jemals den Kerl zwischen die Finger bekam, der Mia und vielleicht auch Allyson vergewaltigt hatte und sie letztendlich zum Selbstmord trieb, würde er den widerlichen Drecksack umbringen. Er würde ihn nicht ungeschoren davonkommen lassen. Ganz im Gegenteil: Er würde ihn leiden lassen, bevor er das Licht in seinen Augen löschte.

IN MRS. SEVERS' Haus wurden Mia und Bear von ihr zu Allysons Zimmer geführt. „Das Tagebuch liegt auf ihrem Schreibtisch. Ich werde mir einen Tee machen und etwas gegen meine Kopfschmerzen nehmen. Kann ich euch etwas bringen?"

„Nein, vielen Dank, wir brauchen nichts", sagte Mia, die es nicht erwarten konnte, endlich Allysons geschriebene Worte zu lesen. Sie hoffte, hinter das Geheimnis zu kommen, warum sich die junge Frau umgebracht hatte.

„Ich habe seit Allysons Tod nichts an ihrem Zimmer verändert. Ich kann mich einfach nicht dazu durchringen. Noch habe ich die Hoffnung, aus diesem Albtraum aufzuwachen und zu sehen, wie mein Mädchen lächelnd ins Zimmer getanzt kommt." Mrs. Severs drehte sich auf dem Absatz um. „Ich werde euch jetzt schauen lassen. Ich schaffe es nicht, ihren Raum zu betreten."

Mia beobachtete, wie Mrs. Severs davonlief. Eine Mutter kam niemals über den Tod eines Kindes hinweg. Mia fragte sich, ob sie jemals den Tod ihrer Eltern verarbeiten würde. Es erging ihr wie Mrs. Severs: Wenn sie in einen Raum trat, in dem es Erinnerungen an ihre Eltern gab, überkam sie diese endlose Traurigkeit. Es war nicht einfach gewesen, in ihr Elternhaus zurückzukehren. Sie erwartete immer ihre Mutter in der Küche anzutreffen, wenn sie am Morgen die Treppe runterging. Aber sie würde ihre Mutter nie wieder sehen.

Mia betrat Allysons Zimmer. Beim Hineingehen zog sich ihre Brust zusammen und ihre Kehle schnürte sich zu. An der Tür hing Allysons Hochzeitskleid in einer Kleidertasche. Brautmagazine bedeckten die Schreibtischoberfläche. Auf dem Nachttisch stand ein Bilderrahmen, der das offizielle Verlobungsbild aus der lokalen Zeitung zeigte.

Sie fand das Tagebuch auf dem Schreibtisch. Es lag geöffnet auf den Magazinen. Die linke Seite war zur Hälfte beschrieben. Die rechte Seite war vollkommen leer.

Mia nahm Platz und blätterte an den Anfang des Eintrags zurück. Der letzte glückliche Tag im Leben von Allyson. Was war passiert, dass sie entschied, sich ihr Leben zu nehmen? Mia las das letzte Zeugnis von Allysons Glück, bis der Eintrag zu einem abrupten Ende kam.

Bear stand hinter ihr, lehnte sich über ihre Schulter und tat es Mia gleich.

Wie es ihre Mutter bereits gesagt hatte, schrieb Allyson an diesem Tag über ihren Job als Kindergärtnerin und wie die Kinder sie immer wieder zum Lachen brachten. Sie schrieb, dass es ihr kaum möglich war, sich zu konzentrieren, weil sie sich so sehr auf ihre Verabredung mit ihrem Verlobten später am Abend freute. Sie wollten über die Hochzeitsreise reden. Der Abend war magisch gewesen, hatte sie geschrieben. Phillip hatte sie in ein tolles Restaurant nach Bozeman ausgeführt, wo sie über die verschiedenen Alternativen fürs Reiseziel sprachen.

Schließlich entschieden wir uns für –

„Als wurde sie mitten im Satz unterbrochen", sagte Bear.

„Stimmt." Sie blätterte ein paar Seiten zurück und las durch die Einträge der ganzen Woche vor ihrem Selbstmord. Nichts sprang ihr ins Auge. Die Einträge ähnelten sich: Immer ging es um ihre Arbeit und ihre Hochzeitspläne.

Mia blätterte zwei Wochen zurück. Sie landete auf einem Eintrag vom Wochenende. Für eine Kleideranprobe war Allyson mit ihren Brautjungfern nach Bozeman gefahren. Sie hatte es ihren Freundinnen offengestellt, welche Art von Kleid sie tragen wollten, solange das Material und die Farbe einander ähnelten. Sie hatten bei dem Ausflug viel Spaß gehabt.

Obwohl es ein toller Tag war, hat mich eine Sache beunruhigt: Eigentlich wollten wir den ganzen Tag in Bozeman verbringen und erst am späten Abend zurück nach Eagle Rock fahren, aber eine meiner Brautjungfern musste früher nach Hause. Sie meinte, dass sie noch Plätzchen für die Sonntagsschule backen musste. Allerdings habe ich die Vermutung, dass sie ihren Ehemann nicht verärgern wollte. Ich habe keine Ahnung, was mit ihr los ist. Die anderen waren alle enttäuscht, dass wir uns so früh auf den Heimweg gemacht haben.

Der Absatz erwähnte keine der Brautjungfern beim Namen und Mia war nicht gänzlich von der Bedeutung des Eintrags überzeugt. Sie fuhr fort und las die restlichen Einträge dieser Woche.

„Ist dir etwas Verdächtiges aufgefallen?", fragte sie Bear.

Mia war sich Bears Nähe nur allzu bewusst. Ihr Körper reagierte, wenn er ihr so nah war. Zum wiederholten Mal musste sie einen Satz lesen, weil sie den Fokus verloren hatte. Sein natürlicher Duft zog ihr in die Nase und vernebelte ihre Sinne. Sie konnte seine Hitze fühlen, wodurch sich ihr Puls beschleunigte. Wie würde es sich anfühlen, ihn neben sich im Bett zu haben, von ihm in den Armen gehalten und berührt zu werden?

Seine Hände auf ihrem nackten Körper.

Mia klappte das Tagebuch zu und stand abrupt auf. Sie musste Abstand zwischen Bear und sich bringen.

Nicht, dass ihr das in dem kleinen Zimmer gelingen würde.

Bear checkte Allysons Zimmer. Er lief zum Fenster und sah hinaus, bevor er einen Blick unters Bett warf.

„Was genau suchst du?", fragte Mia.

„Kann ich nicht genau sagen. Etwas stimmt nicht – als wäre ein Puzzleteil falsch gelegt worden."

Mia rieb sich über die Oberarme. Je weiter sich Bear von ihr entfernte, desto unwohler fühlte sie sich. „Warum hat sie beim Schreiben mitten im Satz aufgehört? Warum wurde sie so depressiv, dass sie Selbstmord beging?"

„Denkst du, dass sie vielleicht einen Anruf bekommen hat?"

„Daran haben wir auch gedacht." Mrs. Severs stand mit einer Tasse Tee an der Tür. „Wir haben uns ihr Anrufprotokoll angesehen. Die Anrufe an dem Abend gingen alle an ihre Brautjungfern. Wir haben alle gefragt, um was es bei den Gesprächen ging und es gab nur eine Antwort: Sie hatte ihnen erzählen wollen, wo es in den Flitterwochen hingehen sollte. Sie meinten, dass sie glücklich klang und sie nicht verstanden, was ihre Stimmung so radikal geändert haben könnte."

Mia konnte sich nicht zurückhalten und umarmte Mrs. Severs, mit Bedacht, damit sie nicht den Tee verschüttete. „Vielen Dank, dass Sie so bereitwillig mit mir darüber sprechen. Ich kann Ihnen nicht sagen, wie leid mir Ihr Verlust tut."

„Und ich danke dir. Eine Umarmung gibt mir so viel", sagte Mrs. Severs. Sie sah auf die Uhr und ihre

Augen weiteten sich. „Mein Ehemann wird in zehn Minuten nach Hause kommen."

„Wir werden gehen." Mia hakte sich bei Bears Arm ein und folgte Mrs. Severs bis zur Eingangstür.

Auf der Veranda schien sich Mrs. Severs sichtlich zu entspannen. „Ich habe mich sehr gefreut, dich wiederzusehen, Mia. Wie lange wirst du in der Stadt bleiben?"

„Das habe ich noch nicht entschieden. Auf jeden Fall möchte ich zuerst das Projekt beenden, an dem ich derzeit arbeite."

„Herzlichen Glückwunsch zu deinem Erfolg in der Filmindustrie. In Eagle Rock sind alle wahnsinnig stolz auf dich."

„Danke", sagte Mia begleitet von einem kleinen Lächeln. „Ich gebe mein Bestes."

„Ich sehe die Ironie in der Sache, dass Allyson nie das Bedürfnis hatte, Eagle Rock den Rücken zu kehren. Wenn sie zu der Zeit gegangen wäre, in der du und Sadie auf und davon seid, wäre sie jetzt vielleicht noch am Leben. Manchmal frage ich mich, ob meine Entscheidung richtig war, sie vom Bleiben zu überzeugen. Oder wäre alles anders gekommen, wenn mein Mann und ich an dem Wochenende zu Hause geblieben wären? Vielleicht hätten wir dann verhindern können, was auch immer Allyson in diesen gefährlichen Strudel gezogen hat."

Mia bedeckte Mrs. Severs' Hand mit der ihren. „Geben Sie sich nicht die Schuld."

Sie lächelte schwach. „Ich weiß. Nichts wird mein Mädchen zurückbringen. Trotzdem ..." Sie zuckte mit den Achseln.

Wenig später fuhr Bear von der Einfahrt. Er warf einen Blick auf Mia und sagte: „Ich weiß, dass du das nicht hören willst: Du solltest mit dem Sheriff darüber sprechen, was dir passiert ist, Mia. Vielleicht hat er andere Fälle, die durch dich aufgeklärt werden können. Außerdem hat er Zugriff auf die Datenbank und kann uns sagen, ob Frauen in angrenzenden Landkreisen zum Opfer geworden sind. Es könnte sein, dass wir es mit einem Serienvergewaltiger zu tun haben."

Auch Mia war dieser Gedanke bereits gekommen. Alles an Allysons Persönlichkeitsänderung schrie Trauma. Welches Trauma führte schon dazu, dass sie sich von geliebten Menschen zurückzog? Allysons Situation erinnerte sie erschreckend genau an ihre eigene vor all den Jahren. „Du hast recht. Ich muss mit dem Sheriff sprechen. Aber ich will nur mit Sheriff Wilson darüber reden. Ich will keinen der Deputys dabei haben. Der Sheriff ist ein alter Freund der Familie; er wird diskret damit umgehen."

„Wann willst du es machen?", fragte Bear.

„Ich werde fragen, ob er gleich Morgen Zeit für mich hat."

„Warum nicht jetzt?"

Irritiert warf sie ihm einen genervten Blick zu. „Hat dir schon mal jemand gesagt, dass du Leute nicht unter Druck setzen solltest?"

Ein Grinsen breitete sich auf seinem Gesicht aus, was seine gesamte Erscheinung veränderte. „Ständig."

Mia saß erstarrt auf dem Beifahrersitz. Das Lächeln auf Bears Gesicht erhellte die gesamte Fahrerkabine. „Du solltest viel öfter lächeln."

Sein Grinsen wurde breiter. „Das solltest du auch."

Sein Lächeln war ansteckend. Kaum hatte er die Worte ausgesprochen, verzogen sich ihre Mundwinkel zu einem breiten Grinsen. Er hatte diesen gewissen Charme, der einen nicht losließ. Und er war intelligent. Das bedeutete allerdings nicht, dass er der richtige Mann für sie war.

Sie schleppte zu viel Ballast mit sich herum. Kein Mann wollte sich durch ihr sexuelles Minenfeld navigieren. Mit Sicherheit würde er auf eine Sprengfalle treten und dann würde es knallen. Das würde das Ende vom Anfang bedeuten.

Seufzend richtete sie ihre Aufmerksamkeit wieder auf die Straße.

Bears Lächeln verebbte. Auch er richtete seinen Blick auf den Verkehr. „Wohin?"

„Nach Hause. Wir haben nur ein paar Stunden, bis es dunkel wird. Ich will, dass wir noch das Schloss austauschen und die Türgriffe einbauen, die uns Hank vorbeibringen wird. Wenn wir das nicht tun, werde ich die ganze Nacht nicht schlafen können. Ich muss wissen, dass die Tür einem weiteren Einbruch standhält."

KAPITEL 6

BEAR NUTZTE DIE Bretter, um den kaputten Türrahmen zu reparieren. Dann bohrte er die Löcher für das Riegelschloss, bevor er dem Türrahmen einen neuen Anstrich gab. Als er mit der Arbeit fertig war, knurrte sein Magen und ihm wurde klar, dass er kein Mittag hatte.

Er war sich sicher, dass auch Mia nichts gegessen hatte. Er wollte sich auf die Suche nach ihr begeben, hielt jedoch inne, als er ein Auto über die Kieselstein-einfahrt fahren hörte.

Hanks Pickup parkte vor dem Haus. Er und Sadie stiegen aus. In der Hand hielt Sadie eine Plastiktüte.

„Hast schon gedacht, wir würden gar nicht mehr zurückkommen, oder?", fragte Hank.

„Alles meine Schuld", sagte Sadie grinsend. „Ich hatte keine Ahnung, wie viele Türknaufe und Schlösser es gibt. Die Wahl war nicht einfach."

„Letztendlich musste ich die Entscheidung treffen." Hank nahm Sadie die Tüte ab und gab sie Bear.

Schritte kündigten Mia an. Ihre Anwesenheit ließ Wärme durch Bears Körper strömen. Er war ihr den ganzen Nachmittag aus dem Weg gegangen. Seine Befürchtung? Dass er sie an seinen Körper zog, wenn sie ihm zu nah kam. Sein Bedürfnis, sie zu berühren, war überwältigend.

Lächelnd nahm sie Bear die Tüte ab und inspizierte den Inhalt. „Vielen Dank, dass ihr dafür extra nach Bozeman gefahren seid. Wir hätten sicherlich auch mit dem arbeiten können, was es bei *Bartlett's* gibt. Ich brauche nichts Außergewöhnliches. Mir ist nur wichtig, dass es zuverlässig ist. Eure Mitbringsel sehen sehr gut aus. Danke nochmal."

„Wir haben genug gekauft, damit du das Schloss für die Vorder- und Hintertür austauschen kannst", sagte Sadie.

Hank erklomm die Verandastufen und streckte seine Hand aus. „Gib mir einen Türknauf. Ich kann den Einbau an der Vordertür übernehmen, während sich Bear um die Hintertür kümmert."

Innerhalb von fünfzehn Minuten waren die Türknaufe befestigt und die Riegel angebracht.

Sadie und Mia hatten es sich inzwischen hinten auf der Verandatreppe bequem gemacht.

Bear fand die Stimmen der beiden Frauen bei der Arbeit auf eine merkwürdige Weise tröstend. Er fragte sich, wie es sich anfühlen würde, sich irgendwo niederzulassen.

Seine Mutter war mit ihm durch die Weltgeschichte gekurvt. Sie waren immer in kleinen Apartments untergekommen, da sie nicht die Mittel für ein Haus mit

Garten hatten. Bear hatte auf der Straße oder auf Basketball-Plätzen in der Nähe gespielt. Seinen Vater hatte er nie kennengelernt und Bear hatte ihn in seinem Leben auch nicht vermisst.

Als er sich im Haus umsah, fiel ihm sofort auf, wie viel Arbeit nötig war. Mia liebte das Haus und wollte, dass es sich wieder heimisch anfühlte, falls sie in Montana blieb und L.A. hinter sich ließ.

Hank kam triumphierend mit hochgehaltenem Schlüssel ins Haus zurück. „Mein Schloss funktioniert. Wie sieht es bei dir aus?"

Bear zog die letzte Schraube fest und sagte: „Fertig."

Hank gab Mia den Schlüssel und ging die Veranda-treppe hinunter, um sich zu seiner Frau zu gesellen. „Heute Nacht solltest du besser schlafen können."

„Das hoffe ich. Die letzte Nacht hat wirklich keinen Spaß gemacht." Mias Magen grummelte und sie presste eine Hand dagegen. „Ich kann nicht fassen, dass wir das Mittagessen vergessen haben." Sie runzelte die Stirn und fand Bears Blick. „Du hättest etwas sagen müssen. Du musst doch am Verhungern sein."

„Alles in Ordnung, aber ich könnte schon etwas vertragen."

„Wir wollten jetzt in die Stadt zum Diner fahren", sagte Sadie.

„Ist das so?", fragte Hank.

Sadie traf ihn mit dem Ellbogen in den Magen. „Ja, das *ist* so. Wollt ihr uns Gesellschaft leisten?"

Mia sah zu Bear. „Mein Kühlschrank ist leer. Ich wäre dafür, wenn du einverstanden bist."

„Gib mir eine Minute, damit ich mich frischmachen kann. Ich hab überall Holzspäne hängen."

„Mach nur", sagte Hank. „Aber beeil dich. Wir haben zwei Frauen zu füttern."

Bear schnappte sich seine Reisetasche aus dem Pickup und ging ins Haus. Zehn Minuten später kam er geduscht, mit nassen Haaren und frischen Klamotten zurück.

Alle vier stiegen in Hanks Pickup ein, bevor Hank den Motor anließ und Richtung Eagle Rock fuhr.

„Das Diner ist das einzige Restaurant in der Stadt", sagte Hank. „Zu dieser Tageszeit ist es immer recht gut gefüllt."

„Das Essen ist gut. Übertrifft selber kochen allemal", sagte Sadie.

Sie hatten Glück und fanden einen leeren Tisch. Eine Kellnerin kam zu ihnen gehastet, knallte Speisekarten auf den Tisch und rannte weiter. „Ich bin in einer Minute zurück, um eure Bestellung aufzunehmen", rief sie ihnen über ihre Schulter zu.

Die Kellnerin sah gestresst aus, als sie an einem Tisch mit nur einem Gast anhielt, an dem der Deputy von heute saß. Larry Maynard war noch immer in seiner Uniform.

Bears Magen zog sich vor Hunger zusammen. „Es riecht gut", sagte er. Er hob die Speisekarte und warf einen Blick aufs Angebot.

Durch einen lauten Knall wurde seine Aufmerksamkeit erregt.

Die Kellnerin hatte sich hingehockt, um die

Scherben eines Glases aufzuheben. „Ich hol dir ein anderes", sagte sie.

„Mach dir keine Mühe. Ich fahr nach Hause. Ich sehe dich später."

Maynard stand auf, streckte sich und sah sich im Diner um. Als er Mia und Bear entdeckte, runzelte er die Stirn und ging in ihre Richtung. „Ich habe gehört, dass ihr wegen dem Severs-Mädchen Fragen stellt."

Irritiert zog Bear die Augenbrauen zusammen. Wie hatte Maynard von dem Treffen erfahren?

„Nicht wirklich." Mia fand den Blick des Deputys. „Im *Bartlett's* haben wir Phillip gesehen. Bis dahin hatte ich nicht einmal gewusst, was mit Allyson passiert ist."

Maynard schüttelte den Kopf. „Das war wirklich traurig. Ich war der erste Deputy vor Ort. Erst als ich sie dort mit meinen eignen Augen sah, konnte ich es glauben."

Bear spürte, wie sich Mia neben ihm anspannte. Unterm Tisch fand er ihre Hand und drückte sie.

„Hast du Nachforschungen angestellt?", fragte Mia. „Was könnte passiert sein, dass sie sich ihr Leben genommen hat?"

„Sie hat keinen Abschiedsbrief hinterlassen. Auch ich kann nur Mutmaßungen anstellen", sagte Maynard. „Wirklich eine Schande, sie so jung zu verlieren. Wie gesagt: Ich habe den Fall bearbeitet. Wenn du fragen hast, kannst du zu mir kommen. Vielleicht kann ich sogar ein paar davon beantworten. Jetzt habe ich Feierabend und werde nach Hause gehen. Es war ein langer Tag." Maynard verließ das Diner.

„Er kannte Allyson", flüsterte Mia. „Wie kann er über ihren Tod sprechen, als wäre es ihm egal?"

Auch Bear wunderte sich, sagte aber: „Vielleicht ist das seine Art mit dem Verlust klarzukommen." Wenn Maynard die Frau kannte, sollte er anders denken. Trotzdem hatte der Mann reagiert, als wäre Allysons Selbstmord das Normalste auf der Welt.

„Tut mir leid, dass es so lange gedauert hat. Was kann ich euch bringen?" Die Kellnerin schob eine entflohene Strähne ihres langen blonden Haares aus ihrem mageren Gesicht und hob den Kopf, um die Runde zu betrachten. Ihr Blick fand die Frau neben Bear. „M-Mia?"

Mia betrachtete die Kellnerin. „Ja?"

Der Mundwinkel der Kellnerin zuckte und sie berührte unsicher ihre Haare. „Ich bin's, Mia. Kylie."

Mias Gesicht entspannte sich, als sie erkannte, wen sie vor sich hatte. „Oh, mein Gott, Kylie!"

Bear rutschte von der Bank und ließ Mia heraus.

Mia umarmte die Frau, lehnte sich zurück und nahm Kylies Hände in die ihren. „Ich habe dich seit zehn Jahren nicht gesehen."

„Wow, das klingt wie eine Ewigkeit." Kylie zupfte an der befleckten Schürze. „Du siehst toll aus", sagte sie mit einem wehmütigen Ton. „Du hast es geschafft. Du hast Eagle Rock hinter dir gelassen und etwas aus dir gemacht."

„Das stimmt." Ein freundliches Lächeln zeigte sich auf Mias Gesicht. „Was ist mit dir? Hast du geheiratet? Kinder?"

Kylie nickte und hielt ihre Hand hoch, um den

kleinen Diamantring und einen goldenen Ehering an ihrem Ringfinger zu präsentieren. „Verheiratet: ja. Kinder: nein."

Als Bear blaue Flecken an ihrem Arm auffielen, zog er die Augenbrauen zusammen.

„Wen hast du geheiratet?", fragte Mia. „Tom Gruehot? Ihr zwei wart lange ein Paar."

Kylie schüttelte den Kopf. „Das war in der zehnten Klasse. Zudem ist Tom gleich nach der High-School der Armee beigetreten. Ich denke, er ist momentan in Texas. Nein, ich habe Larry Maynard geheiratet. Er war gerade noch hier." Sie drehte sich zum Ausgang, als würde sie erwarten, ihn dort zu sehen.

„Larry hat erwähnt, dass er eine Cheerleaderin geheiratet hat."

Kylie lächelte. „Genug von mir. Was kann ich euch bringen?"

Mia nahm wieder Platz. Alle gaben ihre Bestellungen auf und Kylie rannte zurück in die Küche.

„Ich habe sie gar nicht erkannt", sagte Sadie, während ihr Blick auf Kylies Rücken lag. „Jedes Mal, wenn ich sie sehe, sieht sie schlimmer aus."

Mia nickte. „In der Schule war sie immer das hübscheste Mädchen mit dem besten Kleidungsstil. Sie hat mir immer erlaubt, mich an sie dranzuhängen. Ich war die hässliche Freundin." Mia runzelte die Stirn. „Habt ihr die blauen Flecken an ihrem Arm gesehen?"

„Ich, ja. Denkst du, die kommen von den Tabletts, die sie den ganzen Tag umherträgt?", fragte Bear.

„Vielleicht", sagte Mia wenig überzeugt.

Kylie kehrte mit den Getränken zurück und Bear

nutzte die Gelegenheit, um sich ihre Arme genauer anzusehen. Die blauen Flecken waren ovalförmig und befanden sich an der Innenseite ihrer Oberarme. Dadurch entstand der Eindruck, dass sie jemand brutal gepackt haben musste.

Beim Abendessen sprachen Hank, Mia und Sadie vor allem über Leute, die sie aus der gemeinsamen Schulzeit kannten.

„Sorry, Bear, unsere Themen müssen dich zu Tode langweilen", sagte Hank. „Da du nicht in Eagle Rock aufgewachsen bist, kennst du natürlich keinen von den Leuten, über die wir sprechen."

„Schon in Ordnung. Ich habe mir immer gewünscht, mein Leben an einem Ort verbracht zu haben. Ich erinnere mich an niemanden aus meiner Kindheit."

„Wenn die Delta-Force den SEALS ähnelt", sagte Hank, „dann sind deine Kameraden zu deiner Familie geworden."

„Das stimmt." Und er vermisste sie. Im Vergleich zum Militär wirkte seine Zeit in Montana geradezu surreal. Es fühlte sich an, als wäre er auf einem anderen Planeten.

„Sag mir Bescheid, wenn Kameraden von dir das Militär verlassen. Ich könnte weitere Männer wie dich gebrauchen."

Bear sah ihn erstaunt an. „Hast du genug Arbeit für mehr Männer?"

Hank nickte. „Unsere Dienste sprechen sich herum. Sadie kennt viele Leute in der Filmindustrie, die hier draußen eine Ranch oder eine Berghütte erworben haben. Jeden Tag kommen Anfragen herein. Ich könnte auf jeden Fall mehr Männer gebrauchen."

„Das freut mich", sagte Bear. „Ich kann mich umhören. Ich kenne ein paar Männer, die nach Arbeit suchen und qualifiziert wären."

„Sie sollen sich bei mir melden. Ich werde sie für den Job interviewen."

Bear zögerte kurz. „Was ist mit Frauen?"

Hank lächelte. „Wenn sie gerade schießen und mich auf die Matte schicken können, haben sie auf jeden Fall eine Chance."

Mit einem Nicken dachte Bear an die Männer und Frauen, die er in seiner Karriere kennengelernt hatte. Einige waren bereits seit einiger Zeit nicht mehr aktiv im Militär tätig, während andere das Interesse bekundet hatten, einen neuen Weg einschlagen zu wollen.

Mia berührte ihn am Arm. „Kannst du mich rauslassen? Ich muss mal auf die Toilette."

Bear rutschte von der Bank und erhob sich, um Mia durchzulassen. Als er ihr folgte, drehte sie sich um, legte eine Hand auf seine Brust und sagte lächelnd: „Das schaff ich auch allein."

Bear runzelte die Stirn. „Es stört mich nicht, dich zu begleiten."

„Aber es stört mich. Ich möchte schließlich nur schnell auf die Toilette." Sie drückte seine Hand. „Mach dir keine Sorgen."

Bear war nicht überzeugt, nahm aber wieder Platz. Sein Blick folgte ihr in den dunklen Korridor, der zu den Toiletten führte. Er zählte die Sekunden.

„Besorgt?", fragte Sadie. „Willst du, dass ich nach ihr sehe?"

Bear entließ erleichtert den Atem. „Würdest du das tun?"

Während Sadie sich erhob, tauchte Kylie mit roten und verheulten Augen aus dem Korridor auf. Einige Zeit später folgte Mia. Mit fest aufeinandergepressten Lippen folgte ihr Blick Kylie.

Bear nahm an, dass sie über die blauen Flecken an Kylies Arm gesprochen hatten.

„Gott sei Dank, hier kommt Mia." Sadie setzte sich wieder neben Hank.

Bear rutschte über die Bank und machte damit Platz für Mia. Sie setzte sich und er lehnte sich zu ihr. „Ist alles in Ordnung?"

„Einfach super", antwortete sie.

„Können wir verschwinden?"

„Wenn ich mein Getränk leer habe, gerne." Mia trank in einem Zug ihre Limonade aus, die sie zu ihrem Abendessen bestellte hatte, und stellte das Glas wieder auf den Tisch. Anscheinend wollte sie nicht über ihre Unterhaltung mit Kylie reden und der Ausdruck auf ihrem Gesicht ermutigte Bear nicht gerade dazu, sie zum Reden zu bringen.

Nachdem sie bezahlt hatten, standen die vier vom Tisch auf und machten sich auf den Weg zum Auto.

Die Fahrt zu Mia dauerte nicht lange. Als sie ankamen, sagte Bear: „Es wäre mir lieber, wenn ihr zwei im Auto bleibt, während Hank und ich das Haus und die Umgebung absuchen."

Mia nickte. Sie und Sadie blieben sitzen.

Hank und Bear gingen getrennt voneinander ums Haus, begutachteten die Eingänge und betraten das Haus durch verschiedene Türen. Als sie sichergestellt hatten, dass sich niemand in Büschen oder unter Betten versteckt hielt, ging Bear zu Hanks Pickup zurück, um Mia zu holen.

Mia und Bear betraten das Haus und hörten, wie sich auch Hank und Sadie auf den Heimweg machten.

„DASS DU WEGEN einer Person so viel Aufwand betreibst, scheint mir übertrieben." In der Küche legte Mia ihre Handtasche auf den Tisch.

Bear presste die Lippen aufeinander. „Ich bevorzuge es, gründlich vorzugehen. Ich will keine Überraschungen erleben."

Sie beobachtete ihn, als er abschloss und den Riegel einrastete. „In der Armee hattest du bestimmt einige Überraschungen, mit denen du dich herumschlagen musstest. Wie lange warst du im aktiven Dienst?"

„Vierzehn Jahre." Bear drehte sich zu ihr um.

„Du wärst gerne länger geblieben, oder?"

Er nickte und sein Kiefer spannte sich an. Seine blauen Augen verdunkelten sich und die Intensität in seinem Blick löste in ihr das Bedürfnis aus, ihn zu berühren. Es war deutlich zu erkennen, dass die Armee mehr als nur ein Job für ihn gewesen war. Ihr Herz brach für ihn. Sie wusste nicht, was sie mit ihren Gefühlen anfangen sollte, weshalb sie sich ein paar Schritte von ihm entfernte.

Allein mit Bear in ihrem Haus hatte sie das Gefühl,

dass sich die Wände auf sie zubewegten und der Sauerstoff immer weniger wurde. Die Stille zog sich in die Länge. Der Moment stellte sich als Zerreißprobe für ihre Nerven heraus.

Wovor hatte sie Angst? Bear war ein Mann der Ehre. Niemals würde er sie angreifen.

Was Mia nicht zugeben wollte: Je näher sie dem Mann war, desto heißer wurde ihr. Seine breiten Schultern und sein muskulöser Körper lösten in ihr Empfindungen aus, die sie nicht verstand. Sie wollte ihn berühren, seine Haut an ihrer spüren und ihre Hände über seine harten Muskeln gleiten lassen. Wäre das unangebracht? Wahrscheinlich.

Vor Angst, dass er ihre wachsende Begierde bemerkte, wandte sie ihm ihren Rücken zu.

„Hättest du gerne einen Kaffee oder einen Tee?"

„Nein, danke."

Und was nun? Sie hatte keine Ahnung, was sie sagen sollte. Schließlich sprudelte es unüberlegt aus ihr heraus: „Was kann ich tun, um deinen Aufenthalt angenehmer zu gestalten? Ich möchte, dass du dich wohlfühlst."

„Wo kann ich meine Sachen abstellen? Im Moment liegt meine Reisetasche im oberen Badezimmer."

„Du kannst das erste Schlafzimmer auf der rechten Seite haben. Ich schlafe im Zimmer auf der linken Seite, gleich gegenüber von deinem." Sie brachte es nicht übers Herz, im Schlafzimmer ihrer Eltern zu schlafen. Dann kam ihr ein Gedanke: „Oh, mir fällt gerade ein, dass ich das Zimmer noch nicht aufgeräumt habe."

„Das ist kein Problem für mich. Ich bin kein Gast. Ich arbeite für dich."

„Trotzdem, du solltest nicht dein eigenes Zimmer aufräumen müssen." Mia ging zur Treppe.

Bear umfasste ihr Handgelenk und zog sie zurück. „Ich kann auf mich allein aufpassen. Solltest du nicht schreiben?"

Mia starrte auf seine Hand, die sich um ihr Handgelenk schloss. Kleine Blitzschläge zuckten durch ihren Arm und breiteten sich in ihrem Körper aus. Ihr Geschlecht zuckte. Sie wurde feucht. Je länger er sie berührte, desto schneller schlug ihr Herz. „Ähm, ich …" *Verdammt.* Sie konnte nicht denken, wenn er sie berührte. Seine Berührung ließ ihren Verstand aussetzen. „Ich kann nicht denken, wenn … Was ich meine: Ich kann mich nicht konzentrieren, wenn du … wenn ich –" Sie schloss den Mund, um nicht noch mehr über ihren Gefühlszustand auszuplaudern. „Ich bin müde. Ich werde ins Bett gehen."

Bears Blick fiel auf seine Hand. Sofort ließ er ihr Handgelenk los und trat einen Schritt zurück. „Sorry. Ich drehe eine weitere Runde durchs Haus und werde dann auch ins Bett gehen."

„Okay." Mia senkte den Blick, rannte zur Treppe und ins erste Obergeschoss. Jeder Schritt ließ ihr Herz schneller rasen, als sie sich von dem Mann entfernte, der ihren Körper zum Beben brachte. Noch nie hatte ein Mann derartige Gefühle in ihr ausgelöst. *Noch nie.*

Als sie in ihrem Raum ankam, machte sie die Tür zu und lehnte sich dagegen. Mehrere hektische Atemzüge später beruhigte sie sich allmählich. Sie holte sich ein frisches Höschen aus der Kommode, legte es zurück und entschied sich stattdessen für einen Tanga, den sie vor einiger Zeit impulsiv in ihrem liebsten Unterwäscheladen gekauft hatte.

Mia hatte keine Ahnung, was sie damals zu diesem Kauf getrieben hatte. Sie presste den kleinen Stofffetzen an ihre Brust und suchte sich ein weites und ausgeblichenes T-Shirt heraus, das den fehlenden Stoff an ihrem Hintern verdecken sollte.

Beladen mit ihren Schlafsachen öffnete sie die Tür, lunzte in den Flur und rannte ins Badezimmer am Ende des Flurs. Im Bad angekommen, schloss sie die Tür hinter sich und machte die Dusche an. Dann entschied sie, die Tür wieder zu entriegeln.

Die lustgetriebene Frau in ihr hoffte, dass Bear die Tür unverschlossen vorfinden würde und unbedacht eintrat. Er sollte Mias Anwesenheit erst realisieren, wenn er einen kurzen Blick auf ihre weibliche Silhouette erhascht hatte. Sie seufzte. *Lächerlich.* Bear war nicht die Art von Mann, der einfach in ein Zimmer stapfte. Zuerst würde er anklopfen und Mia würde sich dazu verpflichtet fühlen, zu antworten. Aus der „zufälligen" Situation würde sich nichts ergeben. Trotz allem erregte sie der bloße Gedanke.

Sie zog sich die Jeans und ihr T-Shirt aus, öffnete ihren BH und warf einen Blick auf die Tür. Der BH landete auf dem Boden und ihre Brüste waren frei. Jetzt musste sie nur noch aus ihrem Höschen schlüpfen und dann wäre sie nackt, *splitterfasernackt.* Wem machte sie etwas vor? Der Mann war nicht an ihr interessiert. Genauso wenig würde er durch die Tür kommen.

Seufzend ließ sie das Höschen über ihre Hüften gleiten, bis es auf den Fliesen landete. Dann stieg sie in die Badewanne. Eine lange, kalte Dusche war notwendig, um ihre Lust wieder unter Kontrolle zu bekommen.

Die Zeit im Badezimmer gab ihr die Möglichkeit, über ihre Unterhaltung mit Kylie zu sinnieren. Ihre alte Freundin hatte geschworen, dass sie die blauen Flecken am Arm von der Arbeit davongetragen hatte. Mia vermutete allerdings, dass ihr Ehemann etwas damit zu tun hatte.

Mia hatte Kylie auf der Toilette des Diners versichert, dass sie Alternativen hatte. Sie musste nicht in einer Beziehung wie dieser verweilen. „Wenn du bereit bist, dich von ihm zu trennen und du Hilfe brauchst, dann ruf mich an", hatte Mia angeboten.

Kylie hatte sie direkt angesehen und gesagt: „Ich weiß nicht, wovon du sprichst." Dann war sie mit Tränen in den Augen aus dem Badezimmer gerannt.

Kylie brauchte Hilfe.

Mia kämmte sich durch ihre nassen Haare, zog sich ihren Tanga und das übergroße T-Shirt an und verließ das Badezimmer. Die Fantasie, mit ihrem Bodyguard zu duschen, blieb unerfüllt. Stattdessen ging sie barfuß durch den Flur zu ihrem Schlafzimmer.

Dort angekommen machte sie die Tür hinter sich zu und ließ ihren Blick über den Raum schweifen, in dem sie aufgewachsen war. Wie eine Zeitkapsel präsentierte sich das Zimmer vor ihr, mit derselben Deko und derselben Tapete aus ihrer Teenagerzeit.

Wenn sie das Haus behielt, würde sie die Möbel und

Bettwäsche austauschen und alles ihren Wünschen anpassen. Das Haus brauchte ein Facelifting.

Mia krabbelte ins Bett, zog die Bettdecke bis unter ihr Kinn und schloss die Augen. In dem Versuch, sich von ihrem attraktiven Bodyguard abzulenken, dachte Mia an ihr Zimmer und daran, wie sie es umgestalten könnte.

Es spielte keine Rolle. Wie sehr sie sich auch konzentrierte, sie bekam Bears Erscheinung nicht aus dem Kopf. Sie stellte sich vor, dass er in ihrem Raum stand. Seine männliche Präsenz würde das Zimmer mit seinen noch männlicheren Pheromonen ausfüllen und die Wände um ihr Herz dahinbröckeln lassen.

Sie wandte den Blick von der Tür ab, konnte sich aber von dem Bild nicht losreißen. Mia schlug mit der Faust gegen das Kissen, presste die Augen zu und dachte an Schäfchen, die über einen Zaun sprangen.

Dann klingelte das Telefon, das Bear vor ein paar Stunden in ihrem Schlafzimmer angeschlossen hatte.

Mias Augen flogen auf und sie presste eine Hand auf ihren Mund, um den Schrei zu unterdrücken. Aus L.A. war sie derart an Handys gewöhnt, dass das schrille Klingeln des alten Telefons sie erschreckte. Sie setzte sich im Bett auf und notierte sich im Geiste, bald ein modernes Telefon mit Anruferkennung zu besorgen.

Sie packte den Hörer, hob ihn an ihr Ohr und fragte sich, wer sie um diese Zeit anrief. „Hallo?"

Nichts. Kein Rauschen. Keine Stimme. Gar nichts.

Dann ein Geräusch, als hätte jemand ausgeatmet. Sie hielt ihren eigenen Atem an und lauschte. Mia schluckte schwer und konnte das Blut in ihren Ohren rauschen hören. „Wer ist dran?"

Gedämpfte Klickgeräusche waren zu hören. Mia schrie und ihr fiel der Hörer wie in Zeitlupe aus der Hand. Sie rollte über das Bett und landete schließlich mit den Knien auf dem Boden.

Mia hörte Schritte, bevor ihre Tür aufgerissen wurde.

Bear kam mit freiem Oberkörper in ihr Zimmer gerannt. „Mia? Was ist passiert?"

Mia sprang auf ihre Füße und warf sich in seine Arme. „Ich bin ans Telefon, aber es hat niemand geantwortet. Ich habe nur jemanden atmen hören. Dann war dieses komische Klicken zu hören."

Mit Mia an seine Seite gepresst, nahm Bear den Hörer in die Hand, lauschte und schüttelte dann den Kopf. „Wer auch immer es war, es wurde aufgelegt. Vielleicht kann der Anbieter den Anruf zurückverfolgen. Der Sheriff sollte uns dabei helfen können."

Mia vergrub ihr Gesicht an Bears nackter Brust. „Normalerweise kann man mich nicht so leicht erschrecken, aber das Atmen und die komischen Geräusche…"

Er wickelte beide Arme um ihren Rücken. Mit einer Hand strich er über ihre Haare, als er sie mit seinen Worten zu beruhigen versuchte. „Alles wird gut. Es war nur ein Anruf."

„Das Telefon wurde erst gestern angeschlossen. Wie kann jemand bereits die Nummer haben?"

„Wahrscheinlich hat sich jemand verwählt", flüsterte er.

„Aber was ist mit den komischen Geräuschen? Was hat das zu bedeuten?"

„Nichts." Er schob eine ihrer Strähnen hinter ihr Ohr, hob ihr Kinn und fand ihren Blick. „Ich bin hier, um dich zu beschützen. Ich werde nicht erlauben, dass du verletzt wirst."

Mia sah in seine kristallblauen Augen und ihr Herz setzte für mehrere Schläge aus. Sie glaubte ihm. Er würde es nicht erlauben, dass ihr etwas passierte und trotzdem hatte sie das Gefühl, dass sie bald Schmerz erleben würde.

Herzschmerz.

Das war ein Mann, in den sie sich verlieben könnte und was würde ihr das bringen? Selbst wenn er nicht ihr Bodyguard wäre, waren sie nur ein Mann und eine Frau. Sie glaubte nicht, dass er sich jemals zu ihr hingezogen fühlen könnte. Er wusste, dass sie bei Berührungen zögerlich war. Auch bei ihm würde sich Frustration einstellen, wenn sie von seinen Berührungen wegzuckte.

Gerade scheute sie sich nicht davor und das, obwohl sich seine Arme fest um ihren Körper schlossen. Bei jedem anderen Mann würde sie bereits um sich treten und sich gegen die Umklammerung wehren. Sie würde panisch werden und ihre Chance auf Sex ruinieren.

Sie sah in Bears Augen und wartete auf das vertraute Gefühl der Panik. Diesmal blieb es aus.

Erneute Klicklaute rissen sie aus ihren Gedanken. Mia musste erkennen, dass die Geräusche nicht aus dem Telefon gekommen waren. Zusammen mit Bear hob sie den Blick Richtung Decke.

Es ähnelte einem kratzenden Tippellaut. Ein Geräusch, das in Bewegung war. Es verebbte kurz, bevor es wieder zu hören war. Für einen Moment kam Mia der Gedanke, dass das Haus tatsächlich von einem Geist heimgesucht wurde.

„Bist du seit deiner Rückkehr schon mal auf dem Dachboden gewesen?", fragte Bear.

Mia wollte in Bears Armen bleiben, bis das gruselige Kratzgeräusch verschwand. „Nein."

„Weißt du, was dort gelagert ist?"

„Weihnachtsdekoration, Erinnerungen, Kartons mit Dingen meiner Großmutter, die meine Eltern nicht in der Lage waren zu entsorgen, und sicher auch noch anderer Kram." Sie war in ihrem Leben nicht oft auf dem Dachboden gewesen. Nur, wenn ihre Mutter sie bat, ihr dabei zu helfen, die Weihnachtsdeko herunterzuholen.

Bear lockerte seine Umklammerung. „Ich werde nachsehen."

Mia festigte die Finger um seine muskulösen Oberarme. Sie wollte nicht, dass er sie verließ. Sie öffnete gerade ihren Mund, um ihm das mitzuteilen. Bevor sie auch nur ein Wort herausbekam, ertönten wieder die Geräusche vom Dachboden. Ein Angstschauer schoss durch ihre Venen und sie ließ von ihm ab. Sie würde kein Auge zumachen, wenn sie nicht genau wusste, was dort oben sein Unwesen trieb.

„Zeig mir, wie ich zum Dachboden komme", sagte Bear.

Mia führte ihn aus ihrem Zimmer und zu dem Schlafzimmer ihrer Eltern am Ende des Flurs. Die

Falltür zum Dachboden befand sich im begehbaren Kleiderschrank. Sie zog an dem Strick, der von der Decke hing, und klappte die Treppe herunter. „Wenn du oben bist, gibt es eine Glühbirne. Zieh einfach am Strick."

Bear stieg die Treppe hinauf. Er fand die Lichtquelle. Das Licht erleuchtete auch Teile des Schranks. Dann verschwand Bear aus Mias Blickfeld.

Allein an der Schranktür wartete sie und wickelte die Arme um ihren Körper. Ihr Blick war auf das Loch in der Decke gerichtet. Sie zählte die Sekunden und lauschte seinen Schritten über den Sperrholzboden.

Sie hielt den Atem an.

Ein Fauchen war zu hören. Bear fluchte. Das klickende und tippelnde Geräusch wurde lauter.

„Vorsichtig!", rief Bear.

Etwas Graues und Fellbedecktes raste an der offenen Falltür vorbei.

Mia sprang mehrere Schritte zurück und presste eine Hand gegen ihren Mund, um nicht zu schreien. „Was war das?", kreischte sie.

„Du hast einen Hausbesetzer."

„Was meinst du damit?"

„Gib mir eine Sekunde, dann werde ich dir zeigen, was ich meine." Bear setzte sich in Bewegung. Mit hastigen Schritten bewegte er sich fort. Es dauerte nicht lange, bis er wieder auftauchte. Er kam die Treppe mit einem Bettlaken in den Armen herunter. Unten angekommen bemerkte sie, dass sich das Laken bewegte. Mias Augen weiteten sich. „Was ist es?"

„Nicht ,es'. Es handelt sich um eine ganze Bande."

„Eine Bande?"

„Komm mit. Ich will das Laken nicht im Haus öffnen."

Mia folgte Bear aus dem Schlafzimmer und die Treppe runter. Vor der Eingangstür hockte er sich hin und offenbarte, was sich im Laken befand. Darin verborgen lagen vier kleine Fellknäuel in den Farben Grau und Schwarz.

Als er sie entließ, wackelten die Kleinen zu den nächstgelegenen Büschen.

„Waschbären auf dem Dachboden?" Mia lachte. „Das erklärt die Geistergeschichte."

Sein Mundwinkel zuckte. „Dachte mir schon, dass dir das gefallen wird."

Sie runzelte die Stirn. „Werden die Kleinen zurechtkommen?"

„Ihre Mama wird sie schnell ausfindig machen. Sie hat sich durch ein Loch in der Hausverkleidung davongemacht. Ich werde nochmal hochgehen und das Loch flicken, bis wir dazukommen, eine bessere Verkleidung anzubringen."

„Das musst du nicht machen. Ich bin mir ziemlich sicher, dass das nicht in der Jobbeschreibung steht."

„Wenn es so aussehen soll, dass ich dein Handwerker bin, dann schon."

Eine kühle Brise ließ Mia erschauern.

„Es ist zu kalt. Komm, wir gehen zurück ins Haus." Er wickelte einen Arm um ihre Hüfte und führte sie ins Haus zurück.

„Du solltest versuchen, etwas zu schlafen. Ich kann das Loch auch alleine flicken."

„Ich werde nicht schlafen können, bis ich weiß, dass das Loch dicht ist." Sie fügte nicht hinzu, dass sie keine Ruhe finden würde, solange Bear es auf dem Dachboden mit einer wütenden Waschbärenmama zu tun hatte. „In einer Küchenschublade sollten sich Hammer und Nägel befinden." Mia rannte in die Küche und fand die Schublade, in der ihre Mutter immer derartige Dinge aufbewahrt hatte, um Bilderrahmen anzubringen. Sie nahm den Hammer und die Nägel heraus und ging zu Bear. „Die Nägel sind nicht sehr groß, aber sie sollten ihren Zweck erfüllen."

Bear lächelte. „Sieht ganz so aus, als würden wir noch einmal zu *Bartlett's* fahren müssen."

„Es könnte sein, dass mein Vater in seinem Schuppen etwas Sperrholz gelagert hat", sagte Mia.

„Auf dem Dachboden hab ich eine Plane gesehen. Die wird für heute Nacht reichen." Mit einer Handbewegung sagte Bear: „Ladies first."

Erst als sie die Treppe hochging, erinnerte sich Mia an den wenigen Stoff, den sie unter ihrem T-Shirt trug.

Bear war ihr auf der Treppe so nah, dass ihr noch bewusster wurde, wie leicht bekleidet sie tatsächlich war. Immer wieder zog sie am Saum ihres T-Shirts, während ihr Hitze in die Wangen stieg und ihr Geschlecht mit Erregung flutete.

Im Obergeschoss räusperte sich Bear.

Über ihre rechte Schulter warf sie einen Blick auf ihn und er senkte mit geröteten Wangen die Augen auf den Boden.

Er hatte ihren Tanga gesehen. Besser gesagt: Er hatte ihren Hintern unter dem T-Shirt sehen können.

Dennoch würde er nichts sagen, um sie nicht in Verlegenheit zu bringen.

Der Mann war nicht nur nett zu Tieren, was er gerade bei der Rettung der Waschbärbabys bewiesen hatte, sondern hatte auch immer ihre Gefühle im Blick. Er wollte nicht riskieren, dass sie sich in seiner Gegenwart unwohl fühlte. Diese beiden Qualitäten machten ihn noch heißer.

Verdammt.

Nur zu dumm, dass sie erstarren würde. Ein Kuss, eine kleine Berührung und sie würde ihn von sich stoßen und wegrennen. Seine Frustration könnte er nicht verstecken. Das Arbeitsverhältnis würde unweigerlich leiden. Zudem müsste sie ihm auch danach noch in die Augen sehen können.

Mit glühenden Wangen ging Mia in ihr Zimmer und ließ Bear an ihr vorbeiziehen, damit er sich zu dem Zimmer ihrer Eltern aufmachen konnte. Als er aus ihrem Blickfeld verschwand, folgte sie ihm. An der Treppe zum Dachboden kam sie zum Stehen und wünschte sich, sie hätte den Mut, ihre Begierden auszuleben.

Sie erklomm die Treppe, als die Laute eines Hammers an ihre Ohren traten. Oben angekommen sah sie sich auf dem Dachboden um. Sie fand Bear mit einem Hammer in der einen Hand und einem Nagel in der anderen Hand. Er hämmerte den Nagel in die Wand und platzierte kurz darauf einen weiteren gegen die Planen-Sperrholz-Konstruktion. Mit jedem Schlag tanzten Bears Muskeln einen erotischen Tanz.

Gott, er war hinreißend, stark und sensibel. Alles, was eine Frau bei einem Mann suchte.

Er erledigte die Aufgabe in kürzester Zeit und drehte sich Richtung Treppe.

Mia fühlte sich ertappt. Sie zog sich so schnell zurück, dass sie die letzte Stufe verfehlte, fiel und auf ihrem Hintern landete.

Keine Sekunde später war Bear bei ihr und hob sie in seine Arme.

„Alles in Ordnung?", fragte er.

„Ja", presste sie heraus. Sie war sich seinem Körper so bewusst, dass sie nicht denken konnte. „Nur mein Stolz hat gelitten."

„In dem Punkt kann ich dir nicht helfen. Allerdings kann ich dir dabei behilflich sein, dein Bett zu finden." Er hielt sie eng an seine Brust gedrückt und trug sie in ihr Schlafzimmer, wo er sie behutsam aufs Bett legte.

„Du hättest mich nicht tragen müssen", sagte sie.

„Das kannst du als Zusatzleistung sehen." Er zwinkerte ihr zu.

Bevor er sich wieder aufrichten konnte, packte sie seinen Arm. „Bear?"

„Ja?"

„Ich hasse es, dich so zu beanspruchen, aber würdest du ein wenig länger bei mir bleiben?"

Er erstarrte. „Warum?"

Sie starrte auf ihre Hand an seinem Arm und musste erkennen, wie jämmerlich sie klang. Sie war von sich selbst angeekelt und schüttelte den Kopf. „Vergiss es."

„Es macht mir nichts aus, aber ich muss wissen, was deine Erwartungen sind."

„Ich habe keine", sagte sie zu überstürzt. „Der Anruf und die kleinen Hausbesetzer haben mich aus der Fassung gebracht. Was wäre, wenn die Waschbär Mama zurückkommt und den Dachboden verschlossen vorfindet? Wäre es möglich, dass sie einen anderen Zugang findet?"

„Ich habe keine weiteren Löcher gefunden. Die Nacht sollte es keine Probleme geben. Falls das Telefon klingelt, werde ich drangehen."

„Wie? Du wirst in deinem eigenen Schlafzimmer sein. Ich bin mir ziemlich sicher, dass es dort keinen Anschluss gibt."

„Ich könnte im Wohnzimmer auf der Couch schlafen", schlug Bear vor.

„Nein." Mia biss sich auf die Unterlippe. „Du musst dir um mich keine Sorgen machen."

Er nickte. „Okay." Bear wandte sich zur Tür.

Mit jedem weiteren Schritt wurde sie panischer. Sie wollte ihn zurückrufen und ihn anflehen, bei ihr zu bleiben. Als er die Tür erreichte, blickte er ein letztes Mal über seine Schulter und verschwand dann.

Mia zog das Laken über ihre nackten Beine und starrte die Tür an. Sie wünschte wirklich, dass sie den Mut gehabt hätte, ihn zum Bleiben zu bitten.

Sie zwang sich dazu, die Augen zuzumachen, stillliegen zu bleiben und sich auf das Zählen der verflixten Schäfchen zu konzentrieren. Doch es half nichts. Egal, wie viele Schäfchen auch über den Zaun sprangen, sie schlief nicht ein. Als sie bereits befürchtete, niemals Schlaf zu finden, spürte sie, wie die Matratze nachgab.

Mias Augen flogen auf.

Mit einem Kissen aus seinem Zimmer legte sich Bear neben Mia ins Bett.

„Hey", sagte er in einem sanften Ton. „Ich bleibe, bis du einschläfst."

Sie nickte und schloss die Augen.

Wenn sie annahm, dass sich der Schlaf ohne ihn als schwierig gestalten würde, dann hatte sie unterschätzt, wie ihr Körper auf seine Anwesenheit reagierte. Am liebsten würde sie ihre Hand ausstrecken und ihn berühren. *Heilige Scheiße.* Sie wünschte, er würde sie umarmen … sie küssen … sie berühren.

Mia schnaubte. *Lächerlich*, dachte sie. Sie hatte so eine Ahnung, wie dieses Szenario ausgehen würde.

KAPITEL 7

BEAR LAG NEBEN MIA. Er wollte sich nicht bewegen, da er fürchtete, dadurch die Kontrolle über seine Begierden zu verlieren und sie in seine Arme zu ziehen. Sie hatte ihn nur gebeten, zu bleiben und über sie zu wachen. Von Sex war keine Rede gewesen. *Um Gottes willen, reiß dich zusammen, Junge!* Die Frau war seine Klientin und nicht seine Geliebte!

Warum zum Teufel konnte er die Gedanken an Mia in seinen Armen nicht abstellen? Er hätte ihr ohne Erbarmen sagen sollen, dass er kein Interesse an einer Anwesenheit in ihrem Zimmer hatte. Ihr so nah zu sein, verstärkte lediglich das Bedürfnis, sie an seinen Körper zu ziehen und sich tief in ihr zu vergraben.

Und dann ... dann dachte er an ihren Blick, als er das Zimmer verlassen hatte: Ihre Augen wollten nicht, dass er ging. Er hatte ihre Verletzlichkeit sehen können, ja sogar, ihre Angst vor dem Alleinsein.

Ein professioneller Bodyguard hätte sich vor ihrer Tür auf einem Stuhl positioniert – mit genügend

Abstand zu dem Klienten. Mia sollte nicht in Gefahr geraten und schon gar nicht sollte sie von dem Mann bedrängt werden, der geschworen hatte, sie zu beschützen.

Außerdem bekam er Mias Vergangenheit nicht aus seinem Kopf: Sie wurde als junges Mädchen vergewaltigt und natürlich hatte sie ein Trauma davongetragen. Er konnte sich sehr gut vorstellen, wie sie reagierte, wenn ein Mann sie berührte.

Heilige Scheiße. Die Nacht würde nicht einfach werden. Sexuelle Frustration war vorprogrammiert.

„Wäre es dir lieber, wenn ich vor deinem Zimmer auf einem Stuhl Platz nehme?", flüsterte er die Frage, die in der Stille der Nacht so laut wie ein Bombeneinschlag klang.

Sie berührte seinen Arm; ihre Finger krallten sich in seiner Haut fest. „Nein. Bitte bleib." Mia rollte sich zu ihm. „Ich versuche, nicht zu schnarchen."

Bear lachte leise und drehte sich ihr zu. „Das würde mich nicht stören. Einige meiner Kameraden haben so laut geschnarcht, dass es einem Erdbeben gleichkam." Er lächelte. „Irgendwie vermiss ich es."

Sie betrachtete ihn für eine Weile. „Du hast dich mit deinen Kameraden sehr gut verstanden, oder?"

„Sehr, ja." Sein Lächeln verblich. Viele seiner Kameraden waren tot. Andere erholten sich noch in Bethesda von Wunden, durch die ihre Karrieren beendet worden waren.

„Was ist mit deiner Familie?"

„Meine Mutter ist vor ein paar Jahren gestorben. Meinen Vater habe ich nie kennengelernt."

„Das tut mir leid."

„Muss es nicht. Meine Mutter hat ihr Bestes gegeben. Ich denke, dass ich ganz gut geraten bin."

„Das denke ich auch." Ein amüsiertes Lächeln formte sich auf ihren Lippen.

Bear kämpfte gegen den Drang an, die wenigen Zentimeter zwischen Mia und sich zu überwinden und von ihren Lippen zu kosten.

„Es tut weh in ein leeres Haus zu kommen", flüsterte sie.

„Wem sagst du das." Er schob ihr eine Strähne hinters Ohr. „In meinem Fall bin ich in ein leeres Apartment gekommen."

Mia umfasste seine Wange. Ihre Augen verdunkelten sich in dem schwachen Licht der Nachttischlampe. „So muss es nicht sein."

„In meinem Beruf ist das so besser. Die Alternative ist, dass du eine geliebte Person jedes Mal aufs Neue zurücklassen musst, wenn wieder ein monatelanger Einsatz ansteht. Und diese Person riskiert immer ihr Herz, da sie nie weiß, ob ich lebend oder in einem Leichensack zurückkomme."

Mia erschauerte. „Ich bin froh, dass es nicht so weit gekommen ist."

„Jetzt spielt es keine Rolle mehr. Die Armee will mich nicht mehr. Meine Verletzung hat mich frühzeitig in den Ruhestand geschickt."

„Tut mir leid." Sie rieb mit dem Daumen über seine Wange. „Und irgendwie auch nicht. Deren Verlust ist mein Gewinn." Sie überwand den Abstand und ließ ihre

Lippen über seine streichen. „Ich bin froh, dass du hier bist."

Ein Strom der Lust breitete sich in seinem Körper aus, suchte sich den Weg durch seine Venen und machte ihn hart. Durch ihre federleichte Berührung schwoll sein Schwanz an. Ein kleiner Kuss, der ihn um den Verstand brachte. Ein Kuss, der ein Inferno in ihm auslöste, während er sich fragen musste, ob es für sie nur ein Zeichen von Mitgefühl war.

Bear hatte kein Recht, sie zu berühren.

Denk mit deinem Gehirn, nicht mit deinem Schwanz, Arschloch, sagte er sich.

Verdammt, aber sie machte es ihm nicht leicht: Sie rutsche noch näher zu ihm und küsste ihn erneut.

Ein Stöhnen entrang ihm, begleitet von ihrem Namen: „Mia."

„Mmm." Sie legte eine Hand auf seine Brust. Mit den Augenlidern auf Halbmast schwebte ihr Mund über dem seinen, so nah, dass sie seinen Atem spürte.

„Hast du irgendeine Ahnung, was du gerade mit mir machst?" Er ballte die Hände zu Fäusten, um sich davon abzuhalten, sie zu packen.

Ihre Augen weiteten sich. „Tut mir leid. Das hätte ich nicht tun sollen. Ich nutze die Situation aus."

„Eins kannst du mir glauben: Es stört mich nicht. Das Problem ist nur: Wenn du weitermachst, weiß ich nicht, wie lange ich mich noch zurückhalten kann."

„Wirklich?" Ihre Fingernägel kratzten über seine Brust. „Leider muss ich gestehen, dass ich nicht sonderlich viel Erfahrung mit Männern habe."

„Und ich will unsere Geschäftsbeziehung nicht in Gefahr bringen."

Sie rutschte von ihm ab. „Du hast recht. Es tut mir wirklich leid. Ich hätte dich nicht küssen sollen."

„Entschuldige dich nicht. Der Kuss hat mir gefallen."

„Meinst du das ernst?" Sie kaute auf ihrer Unterlippe. „Das sagst du doch nicht nur, weil ich dein Boss bin, oder?"

„Oh, verdammt, nein. Wäre ich nicht dein Bodyguard und du nicht meine Klientin, wäre ich bereits über dich hergefallen."

„Was würdest du tun?", hauchte sie.

Unglaublich, dass er neben einer wunderschönen Frau lag, ohne sie zu berühren. Stattdessen war er drauf und dran, ihr zu beschreiben, wie er sie gerne berühren würde. „Zuerst würde ich meine Hand auf deine Wange legen."

Mia schloss die Augen und ein kleines Lächeln bildete sich auf ihren Lippen. „Und dann?"

„Dann würde ich mit der Hand über deinen langen Hals und dein Schlüsselbein fahren."

Sie hob eine Hand zu ihrer Wange und folgte dem beschriebenen Pfad. An ihrem Schlüsselbein stoppte sie und fragte: „Und dann?"

Zittrig entließ er den Atem und zwang sein Herz, sich zu beruhigen. „Willst du wirklich, dass ich darauf antworte?"

Sie öffnete die Augen. „Bitte, ja."

Heilige Scheiße. Mia sah in ihrem einfachen T-Shirt so verdammt sexy aus. Auch war ihm der Tanga zwischen ihren Pobacken nicht entgangen. *Gott*, er wollte den dünnen Strick mit seiner Zunge erkunden und mit den Händen die weichen Hügel ihres Hinterns packen.

Anstatt seinen niederen Instinkten zu folgen, redete er darüber, wie er langsam ihren Körper erkunden würde. „Ich würde eine Brust umfassen." Seine Haut kribbelte; er wollte sie so verzweifelt berühren. „Mit Daumen und Zeigefinger würde ich in deinen Nippel kneifen, bis er sich vor mir aufrichtet. Dann würde ich dein T-Shirt anheben und dich vor mir entblößen, um einen Nippel mit meinen Lippen zu umschließen. Ich würde deine Knospe kosten, hineinbeißen und daran knabbern, bis du meinen Namen schreist und mich anflehst, dem anderen Nippel die gleiche Aufmerksamkeit zukommen zu lassen."

Mias Hand fand ihre Brust über ihrem T-Shirt. Mit Daumen und Zeigefinger kniff sie in ihren Nippel. Im nächsten Moment schob sie die Hand unter den Saum ihres T-Shirts und entblößte ihre Brüste.

Bear konnte ein Stöhnen nicht unterdrücken. Ihr rosiger Nippel stand lockend vor ihm.

Er atmete tief ein, leckte sich über seine ausgetrockneten Lippen und zwang sich dazu, gen Decke zu sehen. „Ich kann das einfach nicht. Wenn ich fortfahre, werde ich mich nicht davon abhalten können, die Dinge zu tun, die ich gerade beschrieben habe."

Sie sah ihm tief in die Augen. „Ich will nicht, dass du aufhörst. Allerdings solltest du wissen, dass ich in dieser Hinsicht nicht besonders gut oder erfahren bin. Ich will dich nicht enttäuschen."

„Oh, Mia, du könntest mich niemals enttäuschen."

„Glaub mir, ich habe schon ein paar Männer enttäuscht, als sie versuchten, sich mir zu nähern."

Bear wollte das Runzeln auf ihrer Stirn glätten. Wie konnte diese Frau jemals einen Mann enttäuschen? „Hast du dabei jemals die Kontrolle übernommen?"

Sie schüttelte den Kopf.

„Dann hast du jetzt die Chance." Er hob seine Hände. „Ich werde dich nicht berühren, bis du mir sagst, wo und wie ich dich berühren darf."

Mia nahm eine seiner Hände und legte sie auf ihre Brust. „Jetzt. Hier." Sie presste seine Hand gegen ihre erhitzte Haut.

„Ein Wort von dir und ich höre auf." Bei dem Gefühl ihrer warmen Brust an seiner Handfläche schloss er die Augen. Sie machte ihn verrückt. Er öffnete die Augen und fand ihren Blick. „Es wird mir nicht leicht fallen, aber ich werde es tun."

„Danke." Ihre Augenlider senkten sich. Eine Hand legte sie auf seine Brust. Ihre Finger fanden seine kleinen, braunen Nippel. „Sag mir, was du als Nächstes tun würdest."

Sein Körper war angespannter als ein Flitzebogen. Seine Finger blieben auf ihrem Nippel. Dann öffnete Bear den Mund, um ihr zu sagen, was er mit ihr tun wollte:„ Ich würde dich auf den Rücken drehen und mich deiner anderen Brust zuwenden."

Mia rollte auf den Rücken, packte nach ihrem T-Shirt und riss es sich über den Kopf. Ein Lustschauer schoss durch ihren Körper.

Sie umfasste mit beiden Händen seinen Kopf und zog ihn an ihre Brust.

Mit Bedacht, um sie nicht zu erschrecken, umschloss er mit den Lippen einen rosafarbenen Nippel.

Ihr Rücken wölbte sich und sie entließ ein Stöhnen. Mia vergrub die Finger in seinen Haaren; sie wollte ihm noch näher sein.

Bear konnte nicht genug von ihr bekommen, schnellte mit der Zunge über ihren erregten Nippel und saugte anschließend die süße Knospe erneut in seinen Mund.

„Oh, ja!" Mia wand sich unter ihm. Mit den Beinen trat sie um sich, während sie sich mit den Fingern in seiner Kopfhaut festkrallte.

Er zog sich zurück. Mia reagierte, in dem sie ihn zu ihrer anderen Brust zog, wo er ihren Nippel mit seiner Zunge erregte.

„Was würdest du als Nächstes mit mir machen?", flüsterte sie, als würde sie nicht genügend Sauerstoff in ihre Lungen bekommen.

„Ich würde dich küssen, von deinen Brüsten über deinen Bauchnabel und tiefer."

„Das will ich. Zeig es mir", flüsterte sie. Sie löste sich von seinen Haaren und platzierte die Hände neben ihren Hüften.

Bears Lippen fuhren über ihre Rippen. Er bewegte sich so langsam, dass er zu explodieren drohte, bevor er den himmlischen Ort zwischen ihren Schenkeln erreichte.

Er fand ihren Bauchnabel und umkreiste ihn mit der Zunge.

Mia hob ihm ihr Becken entgegen. Ihre Augen

waren fest geschlossen und ihre Finger krallten sich am Bettlaken fest. „Tiefer. Bitte geh tiefer."

„Öffne deine Augen", ordnete er an. Wenn er sich in diese Richtung aufmachte, wollte er, dass sie sah, was er tat und er nicht vorhatte, ihr wehzutun.

Langsam öffnete sie ihre Augen.

Er fand den Bund ihres Tangas und zog ihn ihr über die Beine. Einen Finger ließ er über die Innenseite ihres Schenkels gleiten, von ihrem Knie bis zu ihrem Geschlecht. „Spreize deine Beine", drängte er sie.

Sie zögerte kurz, bevor sie ihre Knie beugte und ihre Beine zur Seite fallen ließ. Mias Augen weiteten sich, als er sich zwischen ihre gespreizten Beine schob. Er trug noch immer seine Jeans, die unglaublich eng geworden war.

„Was jetzt?", wimmerte sie angespannt und saugte ihre Unterlippe zwischen ihre Zähne.

„Jetzt werde ich dich hier berühren." Er presste einen Finger auf den haarbedeckten Hügel oberhalb ihres Geschlechts.

„Oh, mein Gott", stöhnte sie. „Tu es."

Bear gluckste, teilte mit seinen Daumen ihre Schamlippen und entblößte ihre feuchte Spalte. Sanft blies er über ihr erhitztes Fleisch.

„War das schon alles?", ächzte sie. „Sicher nicht, oder?"

„Süße, wir fangen gerade erst an."

„Sag mir, was du als Nächstes tun wirst", flehte sie ihn an.

„Mit meiner Zunge werde ich über deine Klitoris

schnellen. So in etwa." Bear tippte mit der Zungenspitze gegen ihre Klitoris.

Einmal.

Dann hob er seinen Kopf.

Mia vergrub ihre Fersen in der Matratze, hob ihm ihr Becken entgegen und brachte ihr Geschlecht seinem Mund näher. „Mach das nochmal."

Er folgte ihrer Bitte und leckte mit der Zunge genüsslich über ihr Nervenbündel.

Mia sog scharf die Luft ein und warf ihren Kopf in den Nacken. „Ich hatte ja keine Ahnung …"

„Du hattest keine Ahnung, wovon?", fragte er, bevor er mit seiner Zunge einmal … zweimal gegen ihre Klitoris tippte, sie umkreiste und darüber schnellte.

„Dass es sich so toll anfühlen kann."

Er runzelte die Stirn. „Hattest du noch nie einen Orgasmus?"

Sie schüttelte den Kopf und ihre Wangen färbten sich rot. „Fühlt es sich so an? Mein Vibrator hat mich noch nie so weit gebracht."

„Baby, noch bist du nicht angekommen."

„Es kommt noch mehr?" Sie entließ zittrig den Atem. „Ich weiß nicht, ob ich das aushalte. Ich habe schon jetzt das Gefühl, dass ich gleich explodiere."

Er grinste. „Dann muss ich etwas richtig machen. Soll ich wieder erklären, was ich gerne tun würde oder soll ich es dir demonstrieren?"

„Zeig es mir. Sonst halte ich nicht mehr lange durch."

Bear wickelte seine Arme um ihre Schenkel, teilte ihre Falten und lehnte sich vor, um sich der wichtigsten

Aufgabe zu widmen: Er wollte seiner Klientin ihren ersten Orgasmus schenken. Er war kein Mann, der sich an seinen Talenten im Bett maß, aber er musste sichergehen, dass seine Technik Mia nicht verschreckte.

Sie hatte noch nie einen Orgasmus erlebt. Der Druck war unbeschreiblich hoch. Nichtsdestotrotz würde er sich der Herausforderung stellen.

Bear leckte über ihre Klitoris, schnellte darüber und folterte Mia, bis sie sich unter ihm wand. Mit der Zungenspitze umkreiste er ihren Eingang und tauchte dann in sie ein. Vielleicht wusste sie nicht, was sie tun sollte, doch ihr Körper wusste genau, was er brauchte und lieferte die Feuchtigkeit, mit der sich ein Mann Zugang verschaffen konnte.

Seine Jeans war jetzt so beengend, dass er sich danach sehnte, den Reißverschluss zu öffnen und seinen Schwanz in die warme Nachtluft zu entlassen. Aber Zurückhaltung war das oberste Gebot. Heute ging es nur um Mia. Sie sollte erkennen, dass Liebe machen nicht nur beinhaltete, dass ein Mann sie fickte. Nur wenn am Ende auch die Frau befriedigt war, konnte nach Bears Meinung von einem Akt der Liebe gesprochen werden.

Er presste seine Daumen gegen ihre Schamlippen. Ihr Geschlecht öffnete sich wie eine Blume. Jetzt verwöhnte er sie mit seiner Zunge. Knabbernd und leckend wechselte er zwischen ihrer Klitoris und ihrem Eingang.

Er wusste, dass sie ihren Höhepunkt erreichte, als sie ihre Hände nach seinem Kopf ausstreckte und seine Haare packte. „Bitte. Oh ja. Bitte."

„Aufhören?"

„Um Gottes willen, nein! Oh ja!" Im nächsten Moment spannte sich ihr Körper an. Ihre Fingernägel bohrten sich in seine Kopfhaut und sie hob ihm ihr Becken entgegen.

Er saugte ihre Klitoris in seinen Mund, vergrub seine Nase in ihrer Hitze und ließ nicht von ihr ab, bis sie ihr Becken wieder auf die Matratze absenkte.

Bear schob sich über ihren Körper, ohne sie mit seinem Gewicht zu erdrücken und sagte: „Hat dir das gefallen?"

Sie öffnete die Augen und fand seinen Blick. „Können wir das nochmal machen?"

Bear lachte. „Gerne."

„Was kommt als Nächstes?"

„Schlaf."

Überrascht zog sie die Augenbrauen zusammen. „Schlaf? Du kannst jetzt schlafen? Nach dem, was hier gerade passiert ist? Wir hören doch jetzt nicht auf, oder?"

So sehr Bear auch weitermachen wollte, wusste er, dass das keine gute Idee war.

Mias Geständnis, dass sie vor eben noch nie einen Orgasmus erlebt hatte, bedeutete mit großer Wahrscheinlichkeit, dass sie auch in Bezug auf guten Sex ziemlich wenig Erfahrung hatte. Bear unterdrückte seine eigenen Gelüste, weil er wollte, dass Mia für den nächsten Schritt bereit war.

Bear trug noch immer seine Jeanshose und rollte sich von ihr runter. Neben ihr machte er es sich bequem und zog Mia an seine Brust. Obwohl er nicht beenden konnte, was er begonnen hatte, so konnte er sie dennoch in seinen Armen halten und die Wärme ihrer Haut an seiner genießen.

Heilige Scheiße. Er hatte eine lange Nacht vor sich.

MIA LAG MIT ihrem Rücken in der Kurve von Bears Körper und wünschte sich, er hätte nicht gestoppt. Ihr Geschlecht zuckte mit einer Intensität, die sie niemals für möglich gehalten hätte. Ja, sie war durch Bears Fähigkeiten zum Orgasmus gekommen, aber etwas fehlte. Ihr Körper pulsierte vor unerfüllter Begierde, ihr Geschlecht zog sich zusammen und sehnte sich danach, von Bear ausgefüllt zu werden.

Sie sollte glücklich sein, dass sie nicht erstarrt war, als sein Mund sie in unvorstellbare Höhen getrieben hatte, die sie bisher nur aus Liebesromanen kannte.

Für eine lange Zeit lag sie an Bears Körper gepresst und zählte, wie oft er einatmete. In seinen Armen fühlte sie sich sicher und langsam beruhigte sich ihr Herzschlag. In all den Jahren war sie vor Männern und ihren Absichten immer zurückgewichen. Sie hatte sich nicht ausmalen können, wie wundervoll sich Intimität anfühlen konnte. Jetzt, da sie es wusste, wollte sie noch einen Schritt weitergehen.

Nach einem Gähnen schloss sie die Augen und lauschte Bears ruhigen Atemzügen. Das Telefon gab keinen Ton von sich und die Waschbären blieben dem Dachboden fern.

Kurz danach musste sie eingeschlafen sein, denn ihr

nächster Gedanke drehte sich allein darum, dass ihr Sonnenstrahlen ins Gesicht fielen.

Mia hob einen Arm, um die Sonne abzuwehren. Sie konnte sich nicht daran erinnern, wann sie das letzte Mal so tief geschlafen hatte. Gähnend streckte sie sich; ihre empfindliche Haut glitt über die Laken. Ruckartig öffnete sie ihre Augenlider und schoss in eine sitzende Position. Erst dann erinnerte sie sich daran, dass sie nackt war. Die Bettseite neben ihr war leer. Noch war sein Abdruck zu sehen. Das bewies, dass die letzte Nacht kein Traum gewesen war. Auch an ihren Brüsten spürte sie die Realität von letzter Nacht. Die Erinnerung an seine Bartstoppeln an ihrer empfindlichen Haut ließ ihre Nippel erregt kribbeln.

Das Pulsieren tief in ihrem Geschlecht rief ihr ins Bewusstsein, wie sehr sie sich mehr gewünscht hätte.

Sie lauschte, ob Bear im Flur war. Als sie nichts hörte und die Luft rein zu sein schien, sprang sie aus dem Bett, zog sich schnell an und rannte barfuß ins Badezimmer. Dort kämmte sie sich die Haare, wusch sich das Gesicht und putzte sich die Zähne. Für einen Moment zögerte sie beim Make-up und fragte sich, ob sie ein wenig Foundation und Rouge auflegen sollte. Ihr Spiegelbild gab ihr die Antwort: Ihre Wangen waren rosig und ihre Augen strahlten so hell, wie sie es an sich noch nie gesehen hatte. Make-up war nicht notwendig. Stattdessen würde sie heute das Gefühl ihrer Orgasmus reichen Nacht tragen. Zum ersten Mal seit ihrer Vergewaltigung hatte sie die Hände eines Mannes auf ihrer Haut genießen können. *Und nicht nur seine Hände.*

Hitze kroch ihren Hals hinauf und ließ ihre rosigen

Wangen aufglühen. Mia spritzte sich kaltes Wasser ins Gesicht und hoffte dadurch, das Feuer in ihrem Körper zum Erlöschen zu bringen. Wie sollte sie Bear gegenübertreten, wenn sie beim Gedanken an letzte Nacht immer wieder die Farbe einer Tomate annahm?

An der Treppe zog ihr der Geruch von frisch gebrühtem Kaffee und Toast in die Nase. Ihr Magen grummelte; Mia sauste die Treppe hinunter und ging in die Küche. Sie war fest entschlossen, sich Bear und dem neuen Tag zu stellen. Es gab nichts, das ihr peinlich sein musste.

Bear drehte sich ihr mit zwei Kaffeetassen zu. „Nimm Platz. Ich habe Eier und Toast vorbereitet. Ich hoffe, du magst Rührei."

Sein Gesicht war ausdruckslos, als er zwei Tassen auf den Tisch stellte und sich wieder dem Kochfeld zuwandte.

Mia wusste nicht, ob sie erleichtert oder genervt sein sollte. Mit keinem Wort hatte er gestern Abend erwähnt.

Für sie war es ein lebensverändernder Augenblick gewesen. Und für ihn? Wahrscheinlich nur eine Nacht von vielen, die er mit einer Frau verbracht hatte. Hinzu kam, dass er sie wie eine Jungfrau in ihrer Hochzeitsnacht hatte leiten müssen. *Wie peinlich.*

Ihr Herz rutschte Mia in die Hose. Sie senkte den Kopf und setzte sich an den Tisch. Der Appetit war ihr vergangen.

Bear stellte ihr einen Teller vor die Nase.

„Hey", sagte Bear. Mit dem Finger unter ihrem Kinn

hob er ihren Kopf und zwang sie, ihm in die Augen zu sehen. „Die letzte Nacht war wundervoll."

Tränen formten sich in ihren Augen. „Das kannst du nicht ernst meinen. Du bist nicht gekommen."

„Mia ..." Er zog sie aus dem Stuhl und wickelte die Arme um ihren Körper. „Nichts ist heißer, als eine Frau, die in der Hitze des Moments deinen Namen schreit."

„Abgesehen von richtigem Sex, meinst du." Sie lehnte die Stirn gegen seine Brust. „Warum hast du aufgehört?"

„Weil ich will, dass du dir absolut sicher bist."

„Das war ich."

„Du hast als junges Mädchen etwas Furchtbares durchgemacht. Ich werde nicht der Mann sein, der die Qualen erneut heraufbeschwört, nur weil ich es mit dir zu schnell angehe."

„Woher soll ich aber wissen, dass ich bereit bin?"

„Das wirst du."

Sie wollte mit ihm argumentieren und ihm sagen, dass sie ihn auch letzte Nacht schon in sich hatte spüren wollen. Jedoch fragte sie sich, wie sie reagiert hätte, wenn er sich über sie geschoben und in sie eingedrungen wäre. Seit der Vergewaltigung hatte sie niemanden soweit kommen lassen. Es hatte damals so schrecklich wehgetan. Es war ihr nicht gelungen, ihren Angreifer abzuwehren. Mit Gewalt hatte er sich Zugang zu ihrem Körper verschafft, war in sie hineingestoßen und hatte damit ihr Jungfernhäutchen zerfetzt. Auch Tage später hatte sie von ihren Verletzungen noch geblutet. Mit Binden hatte sie das Meiste kaschieren können. Hätte ihre Mutter deswegen gefragt, dann hätte sie gesagt, dass sie ihre Periode hatte. Natürlich hatte ihre Mutter keine Ahnung gehabt.

Vielleicht hatte Bear recht. Vielleicht war es besser zu warten. Wenn er mit ihr Sex hatte, wollte sie keinesfalls ausflippen.

Sie drängte die Gedanken an Bear und ihren Wunsch, Liebe mit ihm zu machen beiseite, und konzentrierte sich auf die Dinge, die sie an diesem Tag von der Liste streichen wollte. Sie wich einen Schritt von ihm zurück und sagte: „Ich möchte heute mit dem Sheriff sprechen."

Bears Blick war scharf. „Bist du bereit, ihm alles zu erzählen?"

Sie nickte. „Aber ich möchte allein mit ihm sprechen."

„Ich denke, das bekommen wir hin."

Beide setzten sich hin und aßen in Ruhe. Nachdem sie mit dem Essen fertig waren, stand Mia auf und nahm Bears Teller. „Da du gekocht hast, werde ich abwaschen."

„KD stört mich nicht."

„KD?"

„Küchendienst." Er schnappte sich das Geschirrtuch. „Ich werde abtrocknen."

Zusammen erledigten sie den Abwasch. Sie hatte den Überblick darüber verloren, wie oft sie dabei gegen ihn gestoßen war. Mit jedem Kontakt schossen heiße Ströme der Erregung durch ihren Körper. Ihr Wunsch, ihn ins Bett zurück zuschleifen und das zu beenden, was sie angefangen hatten, verwandelte sich in eine quälende Sehnsucht. Nachdem Bear den letzten Teller in den Schrank gestellt hatte, war es vorbei mit ihr: Mia konnte sich nicht länger kontrollieren. Sie musste weg; sie brauchte Abstand.

„Ich muss mir nur schnell die Zähne putzen, Schuhe anziehen und dann bin ich auch schon fertig." Sie hastete aus der Küche, die Treppe hoch und ins Badezimmer. Als sie ihre Zähne geputzt hatte, zog sie sich in ihrem Schlafzimmer Socken und Schuhe an. Eine Minute später stand sie bereits neben Bears Pickup.

„Du solltest wirklich warten, bis ich dich aus dem Haus und zum Auto geleiten kann." Bear schloss die Eingangstür ab und rannte die Verandatreppe hinunter. „Jemand könnte nur auf eine Gelegenheit wie diese warten."

„Sorry, ich hab nicht nachgedacht." *Zum Teufel*, sie hatte vollkommen vergessen, dass Bear ihr Bodyguard war. Er war bereits so viel mehr für sie.

Wie konnte es auch anders sein? Schließlich hatte sie ihn gestern Abend in ihrem Bett das erste Mal geküsst. Sie hoffte, dass sie dem Mann nicht schon verfallen war. Wenn sie den Vergewaltiger fanden, brauchte sie keinen Bodyguard mehr und dann würde Bear aus ihrem Leben verschwinden.

Bei dem Gedanken breitete sich eine tiefe Traurigkeit in ihr aus. *Gott*, es war zu spät. Sie war einem Mann verfallen, der sich schon bald einem neuen Auftrag zuwenden und sie vergessen würde.

Die Fahrt nach Eagle Rock war von Stille bestimmt. Mia wusste nicht, was sie sagen sollte. Sie hatte Angst, dass sie ihn anflehen würde, für immer bei ihr zu bleiben, wenn sie den Mund aufmachte. Das wäre jämmerlich, oder? Der Mann hatte bessere Dinge zu tun, als den Bodyguard für eine Frau zu spielen, die nach der Verwahrung ihres Angreifers keinen mehr brauchte.

Bear parkte vor dem Gebäude des Sheriffs und lief um den Pickup herum. Mia war bewusst, dass er ihr aus dem Auto helfen wollte. Allerdings kam sie ihm zuvor, rutschte vom Sitz und landete mit beiden Füßen auf dem Boden. Je weniger er sie berührte, umso weniger Höschen würde sie ruinieren.

Mit der Hand auf ihrem Rücken führte er sie ins Gebäude. Der ersten Person, der sie begegneten, war Deputy Maynard.

Larry sah vom Schreibtisch auf. „Mia, was bringt dich zu uns?"

„Ich würde gern mit dem Sheriff sprechen", sagte sie.

„Um was geht es? Vielleicht kann ich dir helfen."

Mia schüttelte den Kopf. „Nein, danke. Ich würde gern mit dem Sheriff sprechen. Allein."

Larrys Augen verengten sich zu Schlitzen, bevor er herumwirbelte und in den hinteren Teil des Gebäudes lief.

Einen Moment später zeigte sich Sheriff Wilson. „Mia, meine Liebe. Folge mir. Und bring Mr. Parker mit. Wir können uns im Konferenzsaal unterhalten."

„Vielen Dank." Mia lächelte, nahm Bears Hand und folgte dem Sheriff. Sie hatte das Gefühl, dass sie mit Bear an ihrer Seite alles bewältigen konnte.

Der Sheriff schloss die Tür und zeigte auf einen Stuhl. „Bitte nimm Platz, Mia."

Mia atmete tief ein. „Es wäre mir lieb, wenn meine folgenden Worte diesen Raum nicht verlassen."

Der Sheriff grinste. „Klingt illegal." Er hob seine Hand, als würde er auf die Bibel schwören. „Ich verspreche dir, dass ich sehr wohl in der Lage bin ein Geheimnis zu wahren."

Mia musterte den alten Freund ihrer Eltern. Dann fing sie an. Sie erzählte ihm von dem Tag, an dem sie entführt, gefoltert und angebunden an einen Baum zum Sterben zurückgelassen wurde. Als sie das Ende ihres furchtbaren Erlebnisses erreichte, nahm sie eine aufrechtere Haltung an. Sie hatte das Gefühl, sich von der Last auf ihren Schultern befreit zu haben. Mia fühlte sich freier und wieder mehr in der Kontrolle ihres eigenen Schicksals.

„Mia." Sheriff Wilson legte seine Hand auf die ihre. „Es tut mir so leid, was dir passiert ist. Ich werde alles in meiner Macht stehende tun, dass der Drecksack gefunden und angemessen für seine Tat bestraft wird."

„Es ist vor einer langen Zeit passiert. Ich habe gelernt, damit zu leben", sagte Mia. „Ich bin zurückgekommen, weil mir der schreckliche Gedanke nicht aus dem Kopf geht, dass er vielleicht auch anderen Frauen das Gleiche antun könnte."

Sheriff Wilsons Augenbrauen zogen sich zusammen. „Ich werde meine Datenbank durchforsten und nach ähnlichen Fällen suchen, die sich in den letzten zwölf Jahren rund um Eagle Rock zugetragen haben."

„Danke."

„Es gibt einen Fall vor sechs Jahren, der ins Muster passt."

Mia lehnte sich vor. „Könntest du mir ihren Namen verraten? Vielleicht kann ich mit ihr sprechen. Wenn sich derselbe Mann an uns beiden vergriffen hat, können wir ihn finden und stoppen."

„Wenn es jemand anderes wäre, hätte ich meine Bedenken, dir den Namen zu geben. In dem Fall ist es allerdings so, dass sie sich einen Namen als Rechtsberaterin für Vergewaltigungsopfer gemacht hat. Sie wohnt in Bozeman und hat dort auch ihr Büro."

Mia konnte nicht fassen, dass sie so schnell ein anderes Opfer gefunden hatte. „Wie heißt sie?"

„Valerie Sanders. Sie steht im Telefonbuch unter dem Namen Dr. Sanders. Sag ihr, dass ich dich zu ihr geschickt habe. Oder vielleicht auch nicht. Es wäre möglich, dass du mehr über ihre Erfahrung herausbekommst, wenn du mich nicht erwähnst." Sheriff Wilson legte seine Hand auf Mias. „Gib mir Bescheid, wie es gelaufen ist. Jede Information, so unwichtig sie auch erscheinen mag, könnte uns dem Angreifer näherbringen."

„Das werde ich", versprach Mia.

„Inzwischen werde ich mich der Datenbank zuwenden, um zu sehen, ob es ähnliche Angriffe gegeben hat."

„Danke, Sheriff." Mia stand auf. „Wäre es in Ordnung, wenn ich kurz dein Internet benutze? Ich würde gerne die Adresse und die Telefonnummer von Dr. Sanders heraussuchen."

„Das geht klar. Benutze meinen Computer." Er führte sie in sein Büro und bot ihr den Stuhl an.

Mia setzte sich und gab in die Suchleiste „Dr. Sanders" und „Bozeman" ein. Innerhalb weniger Sekunden hatte sie eine Adresse und die Telefonnummer.

Sheriff Wilson gab ihr ein Telefon. „Du kannst sie auch sofort anrufen und ein Treffen vereinbaren."

„Danke." Mia wählte die Nummer.

Eine Frau antwortete: „Dr. Sanders' Büro. Wie kann ich Ihnen helfen?"

„Ich hätte gern einen Termin mit Dr. Sanders."

„Wann würde es Ihnen am besten passen?"

„So schnell wie möglich."

„Könnten Sie in einer Stunde hier sein? Jemand hat einen Termin abgesagt."

„Ja, das würde gehen." Mia konnte ihr Glück kaum fassen.

„Sagen Sie mir bitte Ihren Namen."

„Mia Chastain."

„Dr. Sanders wird Sie in einer Stunde erwarten."

Mia legte auf und fand Bears Blick. „Wir haben eine Stunde, um nach Bozeman zu kommen."

KAPITEL 8

BEAR HIELT DIE Bürotür auf. „Eine Stunde sollte ausreichen, um nach Bozeman zu fahren."

Mia ging an ihm vorbei. „Ich möchte vorher noch bei *Bartlett's* anhalten. Mir ist eine Frage eingefallen, die ich Phillip unbedingt stellen muss."

„Mia?" Sheriff Wilsons Stimme stoppte sie.

Sie drehte sich um. „Ja?"

Der ältere Mann ging um den Schreibtisch und legte eine Hand auf ihre Schulter. „Ich wünschte wirklich, dass du früher zu mir gekommen wärst. Trotzdem ist es niemals zu spät, den Bastard zu schnappen und ihn für seine Tat hinter Gitter zu bringen." Er schüttelte den Kopf. „Was dir passiert ist, tut mir so leid."

„Ich habe überlebt. Ich bereue es, dass ich den Vorfall nicht früher gemeldet habe. Dann wäre Allyson jetzt vielleicht noch am Leben."

Seine Augen weiteten sich. „Allyson Severs? Du weißt nicht, ob sie tatsächlich vergewaltigt worden ist."

„Und du weißt nicht mit Sicherheit, dass sie es *nicht*

wurde", argumentierte Mia. „Was könnte es sonst sein, dass sie dermaßen verändert hat?"

„Vielleicht hatte sie einen Streit mit ihrem Verlobten, den er nicht zugeben will."

Mia starrte den Sheriff an. „Das glaubst du doch nicht wirklich, oder?"

Der Sheriff seufzte. „Nein. Aber das bedeutet nicht, dass Allyson von demselben Mann angegriffen wurde wie du."

„Aber falls ich recht behalten sollte, hätte ich es verhindern können!"

„Du warst ein verängstigtes Kind." Der Sheriff umarmte sie. „Lass uns die Sache aufklären."

Bears Hände ballten sich zu Fäusten. „Das ist der Plan." Sobald er Mias Vergewaltiger fand, würde er ihn mit den bloßen Händen zerfetzen. Kein Mann hatte das Recht, sich einer Frau aufzudrängen und sich zu nehmen, was ihm nicht gehörte. *Zum Teufel nochmal,* Mia war noch nicht mal eine Frau gewesen. Nur ein Kind, das Schreckliches durchleben musste. Sein Herz schmerzte. Das Sackgesicht verdiente nicht nur den Verlust seines Schwanzes, sondern auch den Tod.

„Komm." Mia umfasste Bears Hand und zog ihn zum Ausgang. „Ich kann es kaum erwarten, Dr. Sanders zu treffen und zu hören, was sie zu sagen hat."

Bear lief an Deputy Maynard vorbei, der sich gerade im Pausenraum einen Kaffee holte. Er hob die Tasse zum Gruß. „Hey, Mia."

Mia nickte, aber hielt nicht an. Sie schien einzig und allein auf die Unterhaltung mit Dr. Sanders fokussiert zu sein.

Bear hoffte, dass sie es ihm erlaubte, der Unterhaltung beizuwohnen. Allerdings würde er sie nicht drängen, wenn sie allein mit Dr. Severs sprechen wollte. Die beiden Frauen hatten etwas gemeinsam, das Bear niemals vollständig nachempfinden könnte.

Die Fahrt zu *Bartlett's* dauerte keine fünf Minuten. Obwohl Mia darauf bestand, auch alleine in das Geschäft gehen zu können, begleitete sie Bear wie selbstverständlich. Das war sein Job.

Leider hatte Phillip auf der Arbeit angerufen, sich für den Tag entschuldigt und gemeint, dass er seine Mutter zum Arzt in Bozeman fahren musste.

Bear rutschte hinters Steuer und fragte: „Was wolltest du Phillip fragen?"

„Ich wollte wissen, was genau er mit Allyson beim letzten gemeinsamen Date besprochen hatte. Ich möchte mir über den Grund sicher sein, der zu Allysons Depression geführt hat."

„Allysons Tagebuch beweist, dass sie über die Hochzeitsreise gesprochen haben."

„Das waren Allysons letzte geschriebene Worte, aber sie hat den Eintrag nie beendet. Was wäre, wenn nach dem Gespräch noch etwas Signifikantes passiert ist? Der Gedanke geht mir einfach nicht aus dem Kopf, weshalb ich auf jeden Fall Phillip danach fragen muss."

„Denkst du wirklich, dass dieser Bursche eine Frau so unglücklich machen kann, dass sie nur noch Selbstmord als Ausweg sieht?"

Mia schüttelte den Kopf. „Der Phillip, den ich aus der Highschool kenne, war ein herzensguter Mensch. Niemals würde er absichtlich einer anderen Person wehtun. Trotzdem, so verrückt es auch klingt, noch kann ich ihn nicht –"

„– vollkommen ausschließen", beendete Bear ihren Satz. „Ich verstehe. Da er heute nicht arbeitet, musst du dich allerdings gedulden."

„Auch wahr. Inzwischen können wir nach Bozeman fahren, richtig?" Mia lehnte sich vor; ihr Blick ruhte auf dem Highway. „Ich bin schon gespannt darauf, was mir Valerie Sanders berichten wird."

„Sicher, dass du für diese Unterhaltung bereit bist?"

Mia nickte. „Ich war sechzehn. Es ist vor einer langen Zeit passiert. Ich komme schon klar."

Wieder einmal vergegenwärtigte sich Bear die Situation, die die damals sechzehnjährige Mia durchlebt hatte. Entführt, traumatisiert, vergewaltigt und zum Sterben zurückgelassen. Sie war eine bemerkenswerte Frau. Sie hatte so viel durchgemacht und schaffte es dennoch, ein normales Leben zu führen. Er könnte sich von ihr eine Scheibe abschneiden und die positiven Seiten seines Lebens in den Vordergrund holen.

Ja, er hatte den einzigen Job verloren, den er seit dem High-School-Abschluss gekannt hatte. Die Männer, die er als Familie angesehen hatte, waren entweder tot, meilenweit von ihm entfernt oder wieder bei ihren Familien. So traurig das auch war, hatte er jetzt einen bedeutungsvollen Job: Er hatte den Auftrag eine wundervolle Frau zu beschützen. Die Sonne schien auf ihn herunter und die Umgebung konnte nicht schöner sein. Im Westen erhoben sich die Crazy Mountains mit ihren schneebedeckten Wipfeln, die bis in den Sternenhimmel zu reichen schienen. Montanas Himmel und seine schroffen Berggipfel inspirierten Bear auf eine Weise, wie es noch kein Ort geschafft hatte.

Er durfte nicht vergessen, sich bei Hank zu bedanken. Hank hatte ihm die Chance gegeben, sich zu beweisen. Und zwar bei einem Auftrag, bei dem ihm eine leidenschaftliche und unverwüstliche Frau an die Seite gestellt wurde. Sie würde mit ihm jede noch so große Gefahr überstehen.

Er fuhr um eine Kurve und überwand eine gerade Strecke auf dem Highway, die durch ein schmales Tal führte. Parallel zur Straße verlief ein Fluss. Das glasklare Wasser spiegelte sich in seinen Augen.

Die Ruhe des Moments löste sich in Luft auf, als auf der Beifahrerseite etwas gegen die Frontscheibe knallte. Von Mia war ein sanftes Ächzen zu hören, bevor sie eine Hand auf ihren rechten Arm presste.

Bear brauchte nicht lange, um das kleine Loch im Glas auszumachen. Sofort wurde ihm klar, dass sie unter Beschuss standen. Er versuchte, den Schützen durch gezielte Ausweichmanöver zu verwirren. „Scheiße!" Bear trat mit voller Wucht aufs Gaspedal. „Duck dich, Mia!"

Sie beugte sich vor und steckte ihren Kopf zwischen die Beine.

Im Zickzack fuhr er über die Straße und fragte: „Geht es dir gut?"

„Alles okay", antwortete Mia.

Mit einem flüchtigen Blick in ihre Richtung musste Bear feststellen, dass sie *nicht* in Ordnung war. Mia war blass und hatte ihre Lippen fest aufeinandergepresst.

Eine weitere Kugel durchdrang die Windschutzscheibe. Dieses Mal genau durch die Mitte. Das Geschoss verfehlte glücklicherweise beide.

Bear wollte anhalten und sich um Mias Verletzung kümmern. Er wusste jedoch, dass das keine gute Idee war. Solange sie nicht aus dem Tal waren, würde er damit nicht nur Mia, sondern auch sich in Gefahr bringen. Wie in Trance trat er auf das Gaspedal, in der Hoffnung, dass sie von keiner weiteren Kugel getroffen wurden.

Nach einer Kurve war er sich sicher, dass der Schütze ihnen nicht gefolgt sein konnte und Bear verlangsamte das Tempo.

„Nicht anhalten", sagte Mia. Sie war in den letzten Minuten noch blasser geworden und ihr Gesicht zeigte, dass sie Schmerzen hatte. „Fahr uns erst nach Bozeman."

„Ich will nicht, dass du in der Zeit verblutest", argumentierte Bear.

„Es ist nur eine Fleischwunde und ich habe eine Hand auf die Wunde gepresst. Ich blute kaum noch."

Bear musterte sie. „Okay, aber wir halten dort zuerst bei der Notaufnahme."

Mia biss sich in die Unterlippe. „Ich will meinen Termin mit Dr. Sanders nicht verpassen."

„Zuerst zur Notaufnahme. Ich weiß nicht, ob dir das klar ist, aber von Kugeln gestreift zu werden, ist nicht gerade hygienisch – selbst wenn es sich nur um eine Fleischwunde handelt. Ich möchte nicht, dass sich die Wunde infiziert und du an Wundbrand stirbst." Mia öffnete den Mund und Bear hob die Hand, um sie zum Schweigen zu bringen. „Du brauchst gar nicht diskutieren. Ich fahre; ich habe das Sagen. Und ich sage, dass wir zuerst beim Krankenhaus halten."

Ihre Mundwinkel zuckten. „Jawohl, Sir", imitierte sie die Tonlage eines neuen Rekruten.

„Schon besser." Bear versuchte, seinen ernsten Gesichtsausdruck beizubehalten, konnte ein Grinsen aber nicht länger zurückhalten. Diese Frau war verletzt und schaffte es trotzdem, ihn zum Lachen zu bringen. Er machte sich wirklich Sorgen um sie. Auch in Bozeman nahm er nicht den Fuß vom Gas. Mit Mias Hilfe fand er das Krankenhaus und brach dabei mehr als ein Tempolimit. Gott sei Dank wurde er von der Polizei weder angehalten noch geblitzt. Er hätte kein Problem mit einem Strafzettel, solange er zuerst am Krankenhaus halten und Mia die medizinische Hilfe geben konnte, die sie brauchte.

Er kam vor der Notaufnahme zum Stehen und nahm im Unterbewusstsein eine plärrende Sirene in der Ferne wahr. Er wollte gerade aussteigen, als Mia ihn am Arm berührte.

„Es kommt ein Krankenwagen und hinter uns steht ein anderes Auto", sagte sie. „Lass mich aussteigen. Ich kann schon reingehen, während du nach einem Parkplatz suchst."

Bear sah in den Rückspiegel. Wie Mia bereits erwähnt hatte, stand ein weiteres Auto hinter ihnen. Wenig später tauchte der Krankenwagen in seinem Blickfeld auf.

„Bist du dir sicher?", fragte er. Bear wollte sie nicht einmal für eine Millisekunde aus den Augen lassen.

„Auf jeden Fall." Sie öffnete die Tür und stieg aus. „Geh schon."

Bear fuhr zum Parkplatz, stieg aus und ging im Stechschritt ins Gebäude. Er fand Mia auf einem Stuhl mit einer Kompresse gegen ihre Wunde gedrückt. „Es gab einen Verkehrsunfall, in dem mehrere Menschen zu Schaden gekommen sind. Es kann also eine Weile dauern, bis ich behandelt werde."

„Gibt es ein anderes Krankenhaus?"

„Ich finde es gut hier. Wir können warten. Könntest du in der Zwischenzeit Dr. Sanders anrufen und sie fragen, ob sie heute noch einen anderen Termin frei hat?"

Bear wählte die Nummer und wartete.

Die Rezeptionistin antwortete und lauschte Bears Erklärung.

„Es tut mir so leid, dass Miss Chastain verletzt wurde. Ich würde ihr gerne einen neuen Termin geben, aber Dr. Sanders hat heute Nachmittag eine Gruppensitzung, die zumeist länger geht. Morgen Vormittag wäre der frühste Termin, den ich anbieten kann. Würde das gehen?"

„Das muss es", antwortete Bear. „Danke."

Als er den Anruf beendete, sah Mia ihn fragend an. „Was hat sie gesagt?"

„Der einzige Termin, der so kurzfristig zu haben war, ist morgen Vormittag."

Mia stand auf. „Dann lass uns den heutigen Termin wahrnehmen. Bis wir wieder im Krankenhaus sind, sollten sie für mich bereit sein."

Bear schüttelte den Kopf. „Ich bewundere deine

Entschlossenheit, allerdings bezweifle ich, dass Dr. Sanders Blut auf ihrem Teppich haben möchte. Das könnte andere Patienten unnötig aufregen."

„Mia Chastain?", wurde gerufen.

Bear und Mia sahen zu dem Gang, der zu den Untersuchungszimmern führte. Eine Krankenschwester mit einem Klemmbrett in der Hand lächelte in Mias Richtung. Neben ihr stand ein Polizist.

Bear half Mia beim Aufstehen und führte sie zu der Krankenschwester.

„Miss Chastain, das ist Polizeibeamter Petty", sagte die Krankenschwester. „Nachdem wir uns um Sie gekümmert haben, hat er ein paar Fragen bezüglich der Verletzung."

„Tut mir leid, dass ich Sie deswegen behelligen muss", sagte der Beamte, „aber hierbei handelt es sich um eine Routinemaßnahme. Sobald Schusswaffen im Spiel sind, müssen wir den Fall untersuchen."

„Das ist kein Problem", sagte Mia. „Ich möchte, dass mein Freund bei mir bleibt."

„Dann folgen Sie mir bitte." Die Krankenschwester führte sie zu einem Untersuchungszimmer.

ZWEI STUNDEN SPÄTER, nachdem die Wunde ordentlich gereinigt war, ein Klammerpflaster darauf klebte und der Polizist seine Fragerunde beendet hatte, kam die Krankenschwester mit Mias Entlassungspapieren. Eine Anleitung für die Wundbehandlung hatte sie dazu gelegt.

Bear führte sie gerade aus dem Untersuchungsraum,

als die Schwingtüren am Ende des Korridors aufschwangen und zwei Sanitäter mit einer Trage hereinrannten. Ein dritter Sanitäter saß rittlings auf der Patientin und führte eine Herzdruckmassage durch.

„Wir brauchen den Notfallwagen! Sofort!", rief einer. Krankenschwestern und ein Arzt kamen angerannt. Bear zog Mia aus dem Weg und die Trage wurde in den nächsten Untersuchungsraum gerollt.

„Was haben wir hier?", fragte der Arzt.

„Weiblich, vierunddreißig, auf dem Parkplatz vor ihrem Büro vorsätzlich von Auto angefahren, mit daraus resultierender Fahrerflucht. Mehrere Prellungen, Kopftrauma und eine kollabierte Lunge. Auf dem Weg hat ihr Herz zweimal versagt."

„Name?"

„Valerie Sanders."

Valerie Sanders.

Mia schnappte nach Luft und ihre Knie gaben nach. Ohne Bear an ihrer Seite und die Stärke, die er ausstrahlte, wäre sie zusammengebrochen.

Eine Krankenschwester rollte den Notfallwagen in den Raum mit der bewusstlosen Frau und das Team machte sich an die Arbeit. Sofort nahmen sie den Defibrillator und pressten die Elektroden auf die Brust der Patientin, um ihr Herz wieder in Gang zu setzen.

Unbeweglich beobachtete Mia die Situation, die sich vor ihren Augen abspielte.

„Komm." Bears Arm wickelte sich fester um ihre Hüfte, als er sie Richtung Ausgang zwang. „Wir müssen den Weg freimachen, damit die Ärzte und Krankenschwestern ihren Job machen können."

„Mein Gott. Das war Valerie Sanders." Sie fand Bears Blick. „Wie wahrscheinlich ist es, dass es in Bozeman mehr als eine Valerie Sanders gibt?"

„Ich werde gleich in ihrem Büro anrufen und sichergehen, dass es sich um Dr. Sanders handelt. Aber jetzt ist meine größte Priorität, dich aus dem Krankenhaus zu bekommen." Er führte sie zum Ausgang und zum Parkplatz. Im Pickup holte er sein Handy raus und wählte Dr. Sanders Nummer. Er betätigte den Lautsprecher, damit auch Mia mithören konnte.

Es klingelte zwei Mal, dann wurde eine Nachricht abgespielt: *Sie haben das Büro von Dr. Valerie Sanders gewählt. Leider hatte Dr. Sanders einen Unfall, weshalb alle Termine bis aufs Weitere ausfallen.*

Bear beendete den Anruf und ließ den Motor an. „Gibt es einen anderen Weg nach Eagle Rock?"

Mia schüttelte den Kopf. „Nein."

„Mir gefällt die Idee nicht, wieder durch das unsichere Tal zu fahren."

„Die einzige Alternative würde einen Umweg von mehreren Stunden bedeuten."

„Das könnte es wert sein", sagte er.

„Ich würde den kurzen Weg riskieren", sagte Mia. Dann runzelte sie die Stirn. „Allerdings möchte ich nicht, dass du verletzt wirst."

Er schüttelte den Kopf. „Um mich mach ich mir die wenigsten Sorgen. Wer auch immer dafür verantwortlich ist, hat es einzig und allein auf dich abgesehen."

„Ich könnte mich auf den Rücksitz legen, wenn dich das beruhigt."

Bear zog die Augenbrauen zusammen. „Wenn du

versprichst, die ganze Fahrt über unten zu bleiben, bin ich einverstanden." Er stieg aus, öffnete die Beifahrertür und half Mia aus dem Auto. Als ihre Füße den Boden berührten, sah er ihr tief in die Augen. „Bisher mache ich keinen besonders guten Job, oder?"

Sie lächelte. „Woher hättest du wissen sollen, dass jemand einen Hinterhalt geplant hat? Das ist nicht deine Schuld." Ihr Lächeln verblasste. „Denkst du, dass die Person, die auf mich geschossen hat, auch Dr. Sanders im Visier hat?"

„Ich glaube nicht an Zufälle."

„Vielleicht hätte ich nicht nach Eagle Rock zurück-kommen sollen." Mia zupfte an Bears Ärmel. Ihr Blick war auf ihre Finger gerichtet, während sie an all die Vorkommnisse der letzten Tage dachte. „Ich habe das Gefühl, mit einem Ast in ein Hornissennest gestochen zu haben. Hätte ich das nicht getan, würde Dr. Sanders nicht ums Überleben kämpfen."

„Wenn wir diesen Kerl nicht aufhalten, wird er immer wieder junge Frauen angreifen. Könntest du damit leben, wenn eine andere Allyson aufgrund dieses Monsters ihr Leben beendet?"

Mia kaute auf ihrer Unterlippe herum. In den letzten Jahren hatte sie es kaum ertragen, dass der Mistkerl noch immer auf freiem Fuß war. Der Gedanke, dass er für Allysons Depression, ihren Selbst-mord und für Dr. Sanders Krankenhausaufenthalt verantwortlich sein könnte, machte Mia unbeschreib-lich wütend. „Ich kann ihn nicht davonkommen lassen." Sie sah in Bears blaue Tiefen und sofort fühlte sie sich in ihrem Vorhaben bekräftigt. „Ich kann es einfach nicht erlauben, dass er noch mehr Frauen wehtut."

„Dann dürfen wir jetzt nicht aufhören. Trotzdem müssen wir darauf achten, dass wir dich nicht unnötig in Gefahr bringen." Bear lehnte sich vor und platzierte einen kleinen Kuss auf Mias Lippen. „Steig bitte auf den Rücksitz und bleib unten, bis wir bei deinem Haus angekommen sind."

Mias Lippen kribbelten von dem kleinen Kontakt. „Diese Situation wird immer gefährlicher. Ich weiß, dass du dich bereiterklärt hast, mich zu beschützen, aber du kannst jederzeit aussteigen. Das würde ich verstehen."

Bear presste seine Lippen aufeinander. „Weißt du denn immer noch nicht, was für eine Art Mann ich bin? Ich renne nicht weg, weil es plötzlich gefährlich wird. Niemals würde ich eine schutzlose Frau ihrem Schicksal überlassen. Selbst wenn du nicht meine Klientin wärst und ich nicht dein Bodyguard, würde ich bleiben, bis du dich wieder sicher fühlst. Mia Chastain, so einfach wirst du mich nicht los." Er öffnete die Autotür und zeigte auf den Rücksitz. „Einsteigen. Ich bringe dich jetzt heim."

Bei seinem scharfen Ton flatterte Mias Herz. Auf seinem Gesicht war seine Entschlossenheit zu erkennen. Schmetterlinge flatterten in ihrem Bauch und ihr gesamter Körper kribbelte: Sie konnte kaum erwarten, nach Hause zu kommen und allein mit ihm zu sein.

Dieser Mann war ein Krieger – mutig und unerschrocken und das, obwohl es ein Scharfschütze auf sie abgesehen hatte. Mia war froh, dass der furchterregende Blick in Bears dem Bastard galt, der sie aus Eagle Rock vertreiben wollte.

Wenn jemand Angst haben sollte, dann war es der Mann, der Mia, Dr. Sanders und wahrscheinlich auch Allyson angegriffen hatte. Seine Tage waren gezählt. Schon bald würde er niemandem mehr verletzen können. Mia wollte kämpfen.

Sie hatte ein für alle Mal genug vom Wegrennen.

KAPITEL 9

AUF DEM WEG nach Eagle Rock fuhr Bear so schnell wie möglich durch das schmale Tal, in dem Mia angeschossen worden war. Während des gesamten Streckenabschnitts hielt er die Luft an und atmete erst wieder, als das Tal überwunden war.

Ohne Zwischenfall kamen sie bei Mias Haus an. Als er in die Einfahrt bog, war er mit den Nerven am Ende. „Bleib im Auto, während ich durchs Haus laufe. Und bleibe geduckt."

Er wartete, bis sie wieder aus dem Blickfeld verschwand und Deckung nahm. Erst dann hüpfte er aus dem Pickup und lief mit der Waffe in der Hand ums Haus. Danach ging er von Raum zu Raum und inspizierte mögliche Verstecke. Nach dem befriedigenden Rundgang hastete er zum Auto zurück und öffnete die Tür.

Mia lag auf dem Rücksitz. Ihre Augen waren geschlossen und sie hatte ihren verletzten Arm unter ihrem Kopf.

„Mia, Süße?", flüsterte er. „Das Haus ist gesichert."

Sie reagierte nicht. Sein Atem stockte. Auf den zweiten Blick fiel ihm jedoch auf, dass sie ruhig ein- und ausatmete. Bear hob sie in seine Arme und trug sie ins Haus direkt zu ihrem Schlafzimmer. Das zusätzliche Gewicht ließ sein kaputtes Bein aufschreien. Diesmal ignorierte er den Schmerz und legte sie behutsam auf ihre Matratze. Dann zog er ihr die Schuhe aus und bedeckte sie mit der Decke.

In den nächsten Minuten beobachtete er sie beim Schlafen. Er sehnte sich verzweifelt danach, zu ihr ins Bett zu krabbeln und sie in seine Arme zu ziehen.

Dass sie heute unter Beschuss gestanden hatte, machte ihm mehr Angst, als er zugeben wollte. Er wurde ausgebildet, auch die schwierigsten Situationen unter Kugelhagel zu meistern. Seine Erfahrung hatte ihn auf Einsätze und den Verlust geliebter Menschen vorbereitet. Nichts hätte ihn darauf vorbereiten können, dass er sein Herz an eine Frau verlieren würde, die er erst zwei Tage zuvor kennengelernt hatte.

Vielleicht war er für diesen Job einfach nicht gemacht. Es konnte nicht normal sein, sich auf diese Weise zu einer Klientin hingezogen zu fühlen. Er konnte nicht klar denken, obwohl er gerade jetzt fokussiert arbeiten musste.

Jemand war bereit gewesen, Mia und Dr. Sanders zu töten, um einen Austausch zwischen den beiden zu verhindern. Das deutete darauf hin, dass sie dem Geheimnis näherkamen. Der Täter wurde panisch.

Widerwillig verließ er Mias Zimmer, ging die Treppe runter und fand im Flur ein Telefon. Mit seinem

Handy war hier draußen nicht viel anzufangen. Er wählte Hanks Nummer und wartete.

„Patterson", antwortete Hank.

„Hast du von der Sache mit Dr. Sanders gehört?", fragte Bear.

„Was ist mit ihr?"

Bear klärte ihn auf. Er erzählte Hank, was Sheriff Wilson ihnen in Bezug auf Dr. Sanders mitgeteilt hatte, was auf dem Weg nach Bozeman passiert war und von Mias kurzem Aufenthalt im Krankenhaus.

„Wo ist Mia momentan?", fragte Hank.

„Sie ist auf der wilden Fahrt nach Hause eingeschlafen."

„Du hättest mich anrufen sollen. Ich hätte dir auf dem Rückweg durch das undurchsichtige Tal Rückendeckung geben können."

Der Gedanke war Bear auch gekommen, aber Mia hatte es eilig gehabt, nach Hause zu kommen. Er dachte, es würde gut gehen, solange sie geduckt blieb und sich nicht zeigte. Er musste zugeben, dass diese Vorgehensweise sehr riskant gewesen war. Unbeabsichtigt hatte er damit ihr Leben aufs Spiel gesetzt. Als Bodyguard sollte er alle Möglichkeiten im Kopf durchspielen. Gerade aus diesem Grund hatte er Hank angerufen.

„Ich mache mir Sorgen um Sanders", sagte Bear. „Wenn der Täter denkt, dass sie Informationen bereitstellen kann, die bei der Lösung des Falls behilflich sind, könnte er einen erneuten Anschlag auf sie versuchen."

„Wenn du willst, kann ich nach Bozeman fahren und sie dort in Sicherheit bringen. Oder ich komme zu euch und arbeite als deine Rückendeckung. Was ist dir lieber?", antwortete Hank.

„Ich kümmere mich um Mia. Ich glaube nicht, dass sie den Tag verschläft. Wenn sie aufwacht, kontaktieren wir den Sheriff und geben ihm einen Bericht von den Geschehnissen der letzten Stunden."

„Geht klar", sagte Hank. „Dann kümmere ich mich um Sanders. Gib mir Bescheid, wenn sich an den Plänen etwas ändert."

„Mach ich. Wenn Dr. Sanders wieder zu sich kommt, frag sie nach einer Beschreibung des Fahrers und des Autos."

„In Ordnung."

Bear legte den Hörer auf die Basis zurück.

„Wer war das?"

Bei der Frage drehte er sich um. Vor ihm stand Mia – in Socken, mit verwuschelten Haaren und ihrem Gesicht von Schlaf gezeichnet. Ohne nachzudenken, spreizte er die Arme.

Mia lief zu ihm und schmiegte sich an ihn.

„Das war Hank", murmelte er an ihren Haaren. „Er wird dafür sorgen, dass Dr. Sanders nichts geschieht."

Mia hob den Kopf. „Denkst du, dass der Angreifer zurückkommt, um den Job zu Ende zu bringen?"

Bear wollte Mia nicht unnötig aufregen. Leider konnte er die Situation auch nicht verschönern. „Wenn die Attacke Absicht war, könnte es sein, dass der Angreifer zurückkommt und den Stecker zieht."

Mia schnappte nach Luft und vergrub ihr Gesicht an seinem Hemd. „Ich hätte schon damals etwas sagen müssen."

„Du kannst dir nicht die Schuld für die Taten eines Wahnsinnigen geben."

„Aber nichts davon wäre geschehen, wenn ich ihn angezeigt hätte. Dann wäre Allyson jetzt noch am Leben, Dr. Sanders wäre niemals vergewaltigt und auch nicht mit einem Auto überfahren worden. Dann wäre dieser kranke Wichser jetzt im Gefängnis."

Bear umfasste ihre Oberarme und sah in ihre Augen. „Du hast diese schrecklichen Dinge nicht getan. Du warst das Opfer, genau wie die anderen. Du warst ein unschuldiges Kind! Dieses Arschloch muss geschnappt werden, damit er keine weitere Chance mehr bekommt, die Frauen von Eagle Rock zu terrorisieren." Er zog Mia an seine Brust und umarmte sie.

In seinen Armen entspannte sie sich schnell. Sie legte eine Hand auf sein pochendes Herz und sagte: „Was jetzt?"

„Jetzt werden wir den Sheriff kontaktieren. Wir müssen ihm von Sanders erzählen und dass wir in dem Tal unter Beschuss standen."

Mia nickte. „Ich hole meine Stiefel."

„Nein. Ich werde ihn bitten, zu uns zu kommen." Er schob ihr eine Strähne aus dem Gesicht und gab ihr einen kleinen Kuss auf die Lippen. „Du hast heute schon genug durchgemacht."

Mia hob zwei Finger an ihre Lippen und fand seine blauen Augen. „Im Gegensatz zu Dr. Sanders hatte ich noch Glück."

„Gott sei Dank." Übermütig küsste er sie erneut. Er musste einfach; er konnte nicht widerstehen, obwohl er wusste, dass es falsch war. Mia wehrte sich nicht gegen seine Annäherungsversuche. Vernunft führte mit der Lust in seinen Venen einen Kampf aus: Die Vernunft gewann und er entriss ihr seine Lippen. Jetzt musste er nur noch Abstand zwischen sich und Mia bringen.

Mia hob ihre Arme, verschränkte die Finger hinter Bears Nacken und zog ihn an ihren Mund.

Er konnte sich nicht länger erwehren. Er wickelte die Arme um ihren Körper, presste sie an sich und ließ Mia fühlen, wie hart er war.

Mitten am Tag, mit dem Sonnenlicht, das durch die Glastür strömte, hielt Bear seine Klientin in den Armen und beanspruchte ihre Lippen für sich, als wäre es ihr letzter gemeinsamer Kuss.

Er zeichnete die Konturen ihrer Lippen mit der Zunge nach. Mia reagierte, in dem sie die Lippen teilte und ihm mit der Zunge entgegenkam. Seine Hände wanderten tiefer und packten von hinten ihre Schenkel. Bear hob sie hoch und hauchte an ihrem Mund: „Sag mir, dass ich aufhören soll."

„Nein. Nicht aufhören", erwiderte sie und wickelte ihre Beine um seine Taille. Sie rotierte ihre Hüfte und rieb sich mit ihrem Geschlecht an der Beule in seiner Jeans.

Bear stöhnte, wirbelte herum und presste sie mit dem Rücken gegen die Wand. „Ich brenne für dich."

„Jaaa." Sie lehnte sich zurück. „Und was werden wir diesbezüglich unternehmen?" Sie küsste sein Kinn, seinen Hals und knabberte an seinem Ohrläppchen. Dann fand sie wieder seinen Blick.

Bear blickte Richtung Treppe. „Das Schlafzimmer ist zu weit weg."

Mia nickte Richtung Wohnzimmer. „Im Wohnzimmer liegt ein flauschiger Teppich." Ihr Mund formte sich zu einem sinnlichen Lächeln.

Bear packte sie fester, trug sie ins Wohnzimmer und ließ sie langsam auf den Boden herunter.

Anstatt stehen zu bleiben, ließ sie sich auf ihre Knie und zerrte an seiner Hand, damit er es ihr gleichtat.

Bear entfernte die Waffe aus seinem Schulterholster und legte sie auf den Couchtisch. Dann öffnete er den Verschluss und entfernte das Holster.

Obwohl ihm klar war, dass Hank nichts dieser Art im Sinn hatte, wenn er an Körperschutz dachte, gesellte er sich zu Mia auf die Knie. „In so vielerlei Hinsicht ist das eine furchtbare Idee. Wir sollten das wirklich nicht tun."

Mia hob seine Hand, schob sie unter ihr T-Shirt und legte seine warme Handfläche auf ihre Brust. Er konnte ihren beschleunigten Herzschlag spüren. „Oh doch, das sollten wir."

Sie legte ihre Hand auf seine und führte ihn zu dem Bund ihrer Jeans. „Ich bin bereit. Lass mich bitte nicht länger warten."

„Bist du dir sicher?", fragte er. „Ich weiß nicht, ob ich so behutsam sein kann, wie du es brauchst."

„Ich werde nicht brechen." Sie umfasste sein Gesicht und sah ihm tief in die Augen. „Zeig mir, wie gut es sein kann."

Sein Puls raste, als er eine ihrer Hände mit seiner bedeckte. „Ich will dir keine Angst machen."

Sie öffnete den Knopf an ihrer Jeans, dann den Reißverschluss. „Noch nie habe ich mich so sehr zu jemandem hingezogen gefühlt. Ich habe keine Angst mehr. Ich wünsche mir verzweifelt, dass du Liebe mit mir machst. Ich vertraue dir."

Diese Worte besiegelten ihr Schicksal. Er wusste, dass es jetzt kein Zurück mehr gab. Sie hatte seine Begierde freigesetzt.

SEIT IHRER VERGEWALTIGUNG war Mia stets von Männern zurückgewichen, die Sex mit ihr wollten. Nicht einer ihrer Dates hatte jemals die Barriere ihrer Angst durchbrochen und eine Begierde in ihr erwachen können, die sie ihre Vergangenheit vergessen lassen wollte.

Hier, im Wohnzimmer ihrer Eltern, konnte sie nur noch an eins denken: Sie wollte mit Bear nackt sein. Ihr Geschlecht sehnte sich danach, von ihm ausgefüllt zu werden. Noch vor ein paar Wochen hätte sie nicht damit gerechnet, dass jemals ein Mann dieses Bedürfnis in ihr auslösen würde. Er war der einzige Mann, mit dem sie es sich vorstellen konnte. Ihr gebrochener Krieger, der gesandt wurde, um sie vor einem namenlosen Monster zu beschützen.

Mia hob ihre Hände zu seinem Hemd und öffnete die Knöpfe. Bear ließ das Kleidungsstück auf den Boden fallen. Schnell fand er den Saum ihres T-Shirts, zog es ihr über den Kopf und warf es von sich.

Ein Schauer nahm von ihr Besitz, der nichts mit der Luft zu tun hatte, die nun über ihre erhitzte Haut tänzelte. Sie war so erregt und wollte endlich von ihm berührt werden.

Mia griff hinter ihren Rücken und öffnete ihren BH.

In der Zwischenzeit schob Bear die Träger von ihren Schultern. Im nächsten Augenblick umfasste er ihre nackten Brüste, wiegte sie in seinen Händen, bevor er sich vorlehnte und einen Nippel in seinen Mund nahm.

Sie sog scharf den Atem ein, wölbte sich ihm entgegen und flehte ihn wortlos nach mehr an.

Federleicht tänzelte er mit der Zunge über ihren Nippel, befeuchtete die Knospe und knabberte mit den Zähnen.

Mia vergrub ihre Hände in seinem dichten Haar und zog ihn näher an sich heran. Sie wollte das Tempo beschleunigen und endlich zum Hauptteil kommen. Jede Faser ihres Körpers sehnte sich danach, ihn in sich zu spüren. Heute war der Tag gekommen, an dem sie die Erinnerung an ihren Vergewaltiger für immer aus ihrem Gedächtnis vertreiben würde. Es war an der Zeit für eine neue Erinnerung. Sie wollte nur noch an Bear denken. An seine sanften Hände, seine Muskeln und seinen Körper, der sich über sie schob.

Sie zog sich aus Bears Armen zurück und breitete sich auf dem Teppich aus. „Nicht so langsam. Ich weiß nicht, ob ich noch so lange warten kann."

Bear atmete zittrig ein. „*Du* kannst nicht mehr warten?", lachte er. „Ist der Satz nicht mir vorbehalten?"

Sie führte seine Hand zu ihrer offenen Hose. Er half ihr dabei, die Jeans über ihre Hüfte und ihre Beine zu schieben. Nach der Hose folgte ihr Höschen. Sie hakte ihre Finger am Bund ein und schob es über ihre Oberschenkel. Bear nahm sich des Höschens an und zog es ihr begleitet von kleinen Küssen über ihre Beine.

Blut rauschte durch ihre Adern und versetzte ihren Körper in Wallungen. Ihr Geschlecht pulsierte. Es war soweit. Ihre Jungfräulichkeit war ihr durch einen brutalen Akt geraubt worden; jetzt wollte sie sich einem Mann aus freien Stücken hingeben. Im Geiste hatte sie immer das Gefühl gehabt, noch Jungfrau zu sein, und das hatte ihr Selbstvertrauen zu tiefst erschüttert. War sie zu unerfahren für einen Mann wie Bear? War sie zu direkt in ihrer Leidenschaft?

Bear küsste ihre Schenkelinnenseite.

Mia hob ihren Rücken vom Boden. Die Empfindungen dieser kleinen Berührung sandten eine Welle der Lust über sie hinweg. „Du machst das nicht nur, weil ich deine Klientin bin, oder?"

Sein warmer Atem glitt über ihre Schenkel bis zu ihrem Geschlecht. Mit den Fingern teilte er ihre Schamlippen. „Ich tue das, *obwohl* du meine Klientin bist." Er schnellte über die Knospe, die ungeahnte Gefühle in ihr auszulösen vermochte. Kribbelnde, explosionsartige Schübe breiteten sich von ihrer Mitte in ihrem gesamten Körper aus.

„Oh, Gott sei Dank!", schrie sie. „Ja, genau da. Oh, heilige Scheiße. Ja!"

Er leckte, neckte und saugte an ihrer Klitoris, bis sie keinen klaren Gedanken mehr fassen konnte. Mit zwei Fingern näherte er sich ihrem Eingang und folgte dem Pfad ihrer empfindlichen Spalte. Bear wollte sie an den äußersten Rand der Lust bringen. Erst dann katapultierte er sie in die höchsten Höhen. Ihre Hüfte rotierte rhythmisch zu seinen Zungenschlägen und ihr Atem stockte, als der Orgasmus sie überraschte.

Mia vergrub ihre Hände in seinen Haaren und zog ihn zu sich. „Jetzt! Ich will dich in mir spüren. Bitte!"

Er schob sich über ihren Körper und machte es sich zwischen ihren Beinen bequem. Mit einer schnellen Bewegung seiner Finger öffnete er den Knopf seiner Hose, löste den Reißverschluss und entließ seinen Schwanz.

Hastig und von Lust gepackt schob Mia die Jeans über seinen Hintern. Sie musste ihn endlich haben. Sie wollte ihn in sich spüren. Sie konnte es kaum erwarten, dass er ihr zeigte, wie Sex sein sollte.

Bear fand den Eingang und presste seine geschwollene Eichel dagegen. Dann hielt er inne. Sein Gesicht war angespannt, seine Muskeln zuckten. „Nur ein Wort und ich höre auf, Mia", presste er heraus.

„Oh, verdammt. Du kannst jetzt nicht aufhören!" Mia wickelte ihre Beine um seine Hüfte und drängte ihn dazu, endlich in sie einzudringen.

„Noch nicht." Er lehnte sich auf eine Hand, schob die andere in seine Hosentasche und warf seine Geldbörse neben Mias Kopf auf den Teppich. „Kondom."

„Oh." Vom Moment vollkommen eingenommen hatte Mia nicht an Verhütung gedacht. Gott sei Dank benutzte einer von ihnen seinen gesunden Menschenverstand. Ihre Hände zitterten, doch sie packte die Geldbörse und öffnete sie.

„Im mittleren Fach", presste er heraus.

Sie fand das quadratische Päckchen, riss es auf und rollte das Kondom über Bears pulsierenden Schaft. „War das in Ordnung? Fühlt es sich gut an?"

Gepresst sagte er: „Du kannst dir nicht vorstellen, wie richtig es sich anfühlt."

„Zeig es mir", sagte sie.

„Willst du nicht oben sein?", fragte er.

Sie schüttelte den Kopf. „Nein. So fühlt es sich natürlich an. So muss es sein."

Langsam bahnte er sich einen Weg in ihre enge Höhle, ohne jemals den Blickkontakt mit ihr zu verlieren.

Sie war feucht. So feucht, dass er keine Schwierigkeiten hatte, in sie einzudringen. Es dauerte nicht lange, bis er von ihrer Wärme umgeben war. Dann hielt er inne, küsste ihre Stirn, ihre Augenlider, ihre Nase und schließlich ihren Mund. „Alles okay?"

Mia nahm tief Luft und nickte. „Noch nie in meinem Leben habe ich mich so …" Sie schüttelte den Kopf; der Moment überwältigte sie so sehr, dass sie ihre Gefühle nicht in Worte fassen konnte.

„Komplett gefühlt?"

„Ja", hauchte sie stöhnend. „Du fühlst dich unglaublich an."

„Das wollte ich auch gerade sagen. Du bist so eng. So feucht." Nochmals küsste er sie und suchte mit der Zunge nach ihrer, um sich in einem stoßenden und schwingenden Tanz zu verlieren. Außer Atem ließ er von ihr ab und zog sich langsam aus ihr zurück, bis nur noch seine Eichel in ihr weilte.

Mia entließ einen lustvollen Schrei, packte seine Pobacken und sorgte dafür, dass er mit einem Stoß wieder in sie eindrang.

In rhythmischen Bewegungen beschleunigte er

langsam das Tempo. Rein, raus, rein, raus. Er verlor sich vollständig in ihr.

Schon bald krallte sich Mia verzweifelt an seinen Pobacken und ritt die Welle ihres zweiten Höhepunktes.

Ein letztes Mal stieß Bear zu und vergrub sich vollkommen in ihrer Hitze. Sein ganzer Körper spannte sich an; er schloss seine Augen und genoss das Gefühl seines pulsierenden Schwanzes.

Es dauerte eine Weile, bis Mia wieder in die Realität fand. Langsam beruhigte sich ihr Herzschlag und ihre Haut nahm eine rosige Farbe an.

Bear rollte sich zur Seite, nahm Mia mit sich, um die Verbindung nicht zu verlieren. „Ist alles in Ordnung?"

Sie lächelte. Sie fühlte sich berauscht. „Ich denke nicht, dass ich mich jemals besser gefühlt habe."

Er lachte und schob eine entflohene Strähne hinter ihr Ohr. „Du bist atemberaubend."

Ihr Lächeln verklang. „Ich hatte keine Ahnung, dass es sich so anfühlen kann."

Bear runzelte die Stirn. „Gut oder schlecht?"

Mia umfasste seine Wange. „Keins von beiden. Es war einfach unglaublich …" Den Tränen nahe schüttelte sie den Kopf. Sie wusste nicht, was sie sagen sollte. „Wie du schon gesagt hast: atemberaubend." Sie küsste ihn und wickelte einen Arm um seinen Nacken. „Das sollten wir so schnell wie möglich wiederholen."

Bear öffnete den Mund, um ihr zu antworten.

Bevor er etwas sagen konnte, knallte etwas gegen das Panoramafenster. Glas zerbrach, der Vorhang wedelte und ein Objekt landete ein paar Meter von dem

Paar entfernt auf dem Boden. Flüssigkeit verteilte sich und im nächsten Moment schossen Flammen in die Höhe.

Bear sprang auf die Füße, riss Mia vom Boden hoch und schob sie hinter seinen Rücken. Er packte den Teppich, auf dem sie gelegen hatten, und warf ihn aufs Feuer.

Mia krallte sich ihr T-Shirt, ihre Jeans und zog sich schnell an.

Innerhalb weniger Sekunden hatte Bear das Feuer gelöscht. Der Geruch von Benzin und Rauch blieb zurück.

„Bleib im Haus und stelle sicher, dass sich das Feuer nicht erneut entfacht." Bear schlüpfte in seine Jeans, schnappte sich seine Waffe und rannte zur Tür.

Mia folgte ihm. „Wohin gehst du?"

„Auf die Suche nach dem Arschloch, der einen Molotow-Cocktail durch dein Fenster geworfen hat!"

KAPITEL 10

BEAR RANNTE AUS der Vordertür und sprang von der Veranda. Das Geräusch eines Motors erregte seine Aufmerksamkeit. Er rannte dem Geräusch entgegen. Nach wenigen Schritten musste er feststellen, dass das Fahrzeug zu weit weg war und er es per Fuß nicht mehr einholen konnte. Am Waldrand stoppte Bear und suchte nach Reifenspuren. Er fand einen Abdruck im Dreck, den er einem Motorrad zuordnete.

Aus Angst, Mia zu lange allein zu lassen, kehrte Bear zum Haus zurück.

Mia hieß ihn an der Tür willkommen – angezogen, aber durcheinander und aufgebracht. Ihre Lippen waren von seinen Küssen geschwollen. *Verdammt*, sie war so wunderschön. Zum wiederholten Male war Mia in ihrem eigenen Haus angegriffen worden und er war dem Täter noch keinen Schritt nähergekommen.

Er zog sie in seine Arme, führte sie zu dem Festnetz-telefon und wählte Sheriff Wilsons Nummer.

„Sheriff Wilson am Apparat."

„Hier spricht Tate Parker. Wie schnell können Sie zu Mia Chastains Haus rausfahren?"

„Ich brauche höchstens zehn Minuten. Was ist los?"

„Zwei, vielleicht auch drei Attacken heute. Wir werden alles erklären, wenn Sie hier sind."

„Krankenwagen?"

„Nicht nötig. Es geht uns gut." *Im Moment.* Wenn die Feuerbombe noch näher bei den beiden gelandet wäre, wäre ein Krankenwagen mehr als nötig gewesen.

Bears Herz rutschte ihm in die Hose. In den letzten beiden Tagen war es zu oft sehr brenzlig geworden. Er wollte das Haus verlassen und den Mistkerl finden. Dazu müsste er Mia allein lassen und das würde er auf keinen Fall tun. Schon gar nicht, wenn sie das Ziel des Wahnsinnigen war.

Fünf Minuten später fuhr der Sheriff mit blinkenden Lichtern die Einfahrt hinauf. Ein weiterer Deputy folgte ihm in einem zweiten Wagen. Zusammen begutachteten sie den Tatort, sicherten Beweismittel und machten Notizen.

„Ich werde meinen Fingerabdruckexperten zu dem Fall dazu ziehen. Vielleicht findet er etwas Brauchbares. Außerdem werden wir schauen, wer in der Umgebung einen Motorradführerschein besitzt. Auf diese Weise könnten wir den Täter finden. Das Problem bei der Sache sind die Leute, die Motorräder nur auf ihren Farmen benutzen; in dem Fall wird kein Führerschein verlangt."

„Ganz ehrlich: Ich bin für jeden Anhaltspunkt dankbar – egal, wie nichtssagend er auch sein mag", sagte Mia. „Dieser Kerl darf nicht länger mit seinen furchtbaren Taten davonkommen."

„Dr. Sanders ist unsere beste Chance", sagte der Sheriff. „Womöglich hat sie das Gesicht des Angreifers gesehen."

„Hank sorgt für ihre Sicherheit. Er wird nicht zulassen, dass ihr etwas passiert."

„Sehr gut." Sheriff Wilson nickte. „Ich werde in Bozeman bei der Polizeistation anrufen und fragen, ob sie Verstärkung schicken können." Er berührte Mias Schulter. „Es tut mir wirklich leid, dass du nicht zur Ruhe kommst. Meine Männer haben den Auftrag, in der Nacht dein Haus zu beobachten. Scheint mir ganz so, als müsste ich sie vierundzwanzig Stunden darauf ansetzen."

Mia presste ihre Lippen aufeinander. „Du kannst nicht überall sein."

„Ich habe ohnehin nicht genug Leute. Unserem Landkreis fehlen die Mittel für eine größere Besatzung."

Mia wickelte einen Arm um Bears Taille. „Deswegen habe ich einen Bodyguard."

„Was dir leider nicht sehr viel bringt", sagte Bear. Er mochte es nicht, dass ihr Angreifer immer wieder einen Weg fand, ihr wehzutun. Er war ein lausiger Bodyguard.

Ihr Arm festigte sich um ihn. „Wenn ich dich nicht angeheuert hätte, wäre ich schon längst tot."

Kurze Zeit später verließ der Sheriff das Anwesen.

Bear half Mia beim Beseitigen des Benzins und des zerstörten Teppichs. Im Schuppen fand er Sperrholz, das er über dem kaputten Fenster befestigte. Morgen würde er eine neue Glasscheibe besorgen.

Nebel breitete sich am Abend um Mias Haus aus und eine Vielzahl an Wolken blockierte das Licht der Sonne.

„Was hättest du gern zum Abendessen?", fragte Mia. „Mein Kühlschrank gibt nicht viel her, aber für Rühreier hätte ich noch alles."

„Nach dem, was heute passiert ist, möchte ich dich eigentlich gar nicht mehr aus dem Haus lassen. Dennoch muss ich sagen, dass das Abendessen im Diner verlockender klingt als Rührei."

„Dort würde uns wenigstens beim Essen nicht der Geruch von Benzin und Rauch in die Nase steigen", stellte Mia fest.

„Dann also auf ins Diner."

„Zuerst würde ich gerne duschen und mich umziehen." Mia ging zu ihm und legte ihre Hand auf seine Brust. „Du könntest auch eine Dusche vertragen. Würdest du mir gerne Gesellschaft leisten?"

Er nahm ihre Hand, in Versuchung, ihr Angebot anzunehmen. „Das sollte ich besser nicht. Ich muss konzentriert bleiben. Die letzte Attacke hätte beinahe Erfolg gehabt."

Mia zog die Augenbrauen zusammen. „Jemand muss diesem Arschloch endlich das Handwerk legen. Er stört meinen jämmerlichen Versuch, meinen Bodyguard zu verführen."

„Babe, normalerweise würde ich keine Sekunde zögern. Im Moment ist dein Leben jedoch wichtiger als unglaublich heißer Sex in der Dusche." Er beanspruchte ihre Lippen in einem leidenschaftlichen, seelenüber-greifenden Kuss. „Aufgeschoben ist nicht aufgehoben, das verspreche ich dir."

„Das hoffe ich." Sie drehte ihm den Rücken zu, zog sich ihr T-Shirt über den Kopf und ließ es auf den Boden fallen. Mit einem anzüglichen Blick über ihre rechte Schulter brachte sie sein Blut zum Kochen. Sofort wurde er hart. „Ein kleiner Vorgeschmack auf das, was du jetzt verpassen wirst."

Er hob ihr T-Shirt auf und schlug ihr damit gegen den Hintern. „Geh schon, bevor ich vergesse, warum du mich angeheuert hast."

Lachend rannte Mia die Treppe hoch.

Wenig später hörte Bear die Dusche laufen und er seufzte. Wie verzweifelt er sich wünschte, jetzt mit Mia unter der Dusche zu stehen. Stattdessen musste er nach dem Angreifer Ausschau halten. Ihm blieb keine Wahl: Mias Sicherheit ging vor.

MIA BEEILTE SICH in der Dusche. Sie konnte es nicht erwarten, wieder bei Bear zu sein. Unfassbar, dass sie mutig genug war, ihren Bodyguard zu verführen. Sie hatte so viele erste Male mit ihm. Sie war froh, dass Bear der erste Mann war, mit dem sie einen Flirt gewagt hatte; der erste Mann, der ihr einen Orgasmus geschenkt und der erste Mann, der seit dem schreckli-chen Tag vor dreizehn Jahren Liebe mit ihr gemacht hatte.

Bear war freundlich, behutsam, stark und alles, was sich eine Frau nur wünschen konnte.

Ob sie bei ihm ähnliche Gefühle auslöste? *Zum Teufel*, sie kannte ihn erst seit ein paar Tagen. War dies ein Anzeichen für eine Schwärmerei, die ihr schlussendlich zum Verhängnis werden würde? Sie war kein Teenager mehr und ein wahrgewordenes Monster hatte dafür gesorgt, dass sie nie derartige Erfahrungen machen konnte. Nach der Vergewaltigung hatte sie sich dreckig und wertlos gefühlt; der Gedanke an Sex war ihr zuwider gewesen. Und dann hatte sie Bear kennengelernt. Er hatte alles verändert.

Vielleicht interpretierte sie in ihre Gefühle zu viel rein. Auf der Treppe ins Erdgeschoss hielt sie kurz inne. Dann sah sie Bear. Er wartete unten auf sie, mit seinem typischen Lächeln auf den Lippen, das er nur ihr zukommen ließ.

Mias Herz war erfüllt mit einer unbändigen Freude. Sie flog die Stufen hinunter und fiel direkt in seine Arme.

Er lachte und drückte sie an seine Brust. „Hey, was sollte das denn bedeuten?"

„Ich weiß auch nicht." Mias Gefühle spielten verrückt. Sie war aufgedreht, schüchtern und so glücklich zugleich. „Ich hatte einfach den Wunsch, mich in deine Arme zu werfen."

„Dann passt es ja gut, dass ich es liebe, dich in meinen Armen zu haben." Er küsste ihre Stirn und hob ihren Kopf, damit sie ihn ansah. „Ist alles okay? Bereust du es?"

„Nein." Ihre Unterlippe bebte, aber ihr Lächeln blieb bestehen. „Was ist mit dir?"

„Ich bereue nur, dass ich dir in der Dusche keine

Gesellschaft leisten konnte." Er schob sie behutsam von sich weg. „Ich habe am Waschbecken ein wenig Katzenwäsche betrieben. Den Benzin- und Rauchgeruch habe ich allerdings nicht losbekommen. Wirst du es trotzdem in meiner Gegenwart aushalten?"

Sie lehnte sich vor und roch an seinem Hemd. Sie rümpfte die Nase und musterte ihn. „Ich denke, das wird gehen. Aber nur, wenn du später mit mir duschst."

„Sobald wir den Fall abgehakt haben." Er platzierte einen lauten Schmatzer auf ihren Lippen. „Dann werde ich sofort mein Versprechen einlösen."

Mia gefiel es, wenn der riesige Soldat sie neckte und seine Scherze trieb. Noch lieber mochte sie ihn, wenn sie auf dem Boden nackt unter ihm lag. Dafür würde später noch genug Zeit sein. Im Moment hatte sie Hunger. Sie sollten sich auf den Weg nach Eagle Rock machen.

Sie müsste sich noch etwas länger gedulden. Wenn sie ehrlich war, sehnte sie sich so sehr nach Bear, dass sie sich sogar als Köder anbieten würde, um ihren Verfolger aus seinem Versteck zu locken. Sie wollte die ganze Sache einfach hinter sich bringen. Dann könnte sie endlich mit ihrem Leben fortfahren. Sie hoffte nur, dass auch Bear ein Teil ihres Lebens sein wollte. Wenigstens noch ein bisschen länger.

Es spielte keine Rolle, ob sie in L.A. oder in Eagle Rock lebte. Drehbücher konnte sie überall schreiben. Was sie daran erinnerte, dass sie endlich mit dem Projekt anfangen musste. Die Deadline rückte näher. *Nur noch einen Monat*, dachte sie.

Die Fahrt nach Eagle Rock dauerte nicht lange und

sie parkten vor dem Diner. Es war sechs Uhr dreißig am Abend und natürlich hatten sich in dem einzigen Restaurant der Stadt einige Leute eingefunden. Männer mit dreckigen Stiefeln und Cowboy-Hüten saßen an Tischen und genossen eine herzhafte Mahlzeit. Mia konnte Familien sehen, deren Kinder im Sitz aufstanden und in benachbarte Nischen schauten.

Als Mia durch die Tür kam, wurde sie sofort von den verschiedensten Gerüchen begrüßt: Hackbraten, Hamburger, Hähnchen-Potpie und Steak. Ihr Magen grummelte. „Wir hatten nichts zum Mittag, oder?"

Bears Hand fand ihren Rücken und er nickte. „Wir waren anderweitig beschäftigt."

Durch den Kugelhagel und den ganzen Sex hatten sie vergessen, etwas zu essen. Mia störte die verpasste Mahlzeit nicht. Schließlich hatte sie den besten Sex aller Zeiten erlebt. Dafür würde sie auch wieder auf ein Mittagessen verzichten.

„Sucht euch einen Platz." Kylie rannte an ihnen vorbei. Auf ihren Armen balancierte sie mehrere benutzte Teller. „Ich bin gleich bei euch."

Mia sicherte sich einen Tisch, den Kylie gerade abgeräumt hatte und rutschte auf die Bank.

Bear setzte sich Mia gegenüber hin und sorgte mit seiner Position dafür, dass er das Diner immer im Blick hatte.

Mia tat es ihm gleich. Jedoch konnte sie nur Leute sehen, mit denen sie aufgewachsen war. Alle waren jetzt älter, einige hatten Kinder, aber niemand machte den Anschein, ihr etwas Böses zu wollen. Sie lächelte und winkte einem älteren Rancher zu, der mit ihrem Vater immer Fischen gegangen war. „Erst als ich wieder nach Eagle Rock gekommen bin, habe ich realisiert, wie sehr ich meine Heimatstadt vermisse."

„Ist das dein ernst?" Bear starrte sie an, als hätte sie ihren Verstand verloren.

Mia lachte. „Total."

Bear streckte seine Hand aus und umfasste die ihre. „Du wurdest bedroht, angeschossen, hast beinahe dein Haus durch ein Feuer verloren und wirst trotzdem sentimental, wenn du an die Stadt denkst?"

Sie zuckte mit den Achseln und versuchte, sich nicht anmerken zu lassen, wie sehr sie seine Berührung erregte. Lustschauer breiteten sich von der Stelle in ihrem ganzen Körper aus. „Diese Stadt ist mein Zuhause. Ich kenne hier fast alle." *Und jetzt bist du auch hier.* Sie behielt diese Worte für sich. Wenn sie nicht zurückgekommen wäre, hätte sie Bear niemals kennengelernt. *Gott*, sie hoffte wirklich, dass sie die Chance bekam, ihn noch besser kennenzulernen. Bear war die Art von Mann, in den sie sich verlieben könnte. Eine Frage blieb: War sie auch die Art von Frau, von der er sich mehr als nur Sex wünschte?

Im Stechschritt und außer Atem näherte sich Kylie dem Tisch. „Sorry, ich musste erst die dreckigen Teller nach hinten bringen. Dann musste ich mich um den Müll kümmern. Aber keine Bange …" Sie hob die Hände. „… ich habe meine Hände danach gewaschen." Sie zog ihr Notizbüchlein heraus. „Was kann ich euch bringen?"

Wieder kam Mia nicht umhin, die blauen Flecken an Kylies Armen zu bemerken. Drei neue Abdrücke waren neben den älteren zu sehen, die mittlerweile verblassten. Mia umfasste Kylies Handgelenk. Behutsam begradigte Mia den Arm. Bei der Begutachtung zog sie die Augenbrauen zusammen. Dann fand sie Kylies Blick. „Du musst dich damit nicht rumschlagen", sagte Mia mit gesenkter Stimme, damit keiner der Unterhaltung lauschen konnte.

Kylie riss sich von Mia los. „Du weißt nichts über mein Leben!", zischte sie. „Bestelle etwas. Oder besser noch: Lass mich jemand anderes finden, der sich um euch kümmert."

Bevor Mia etwas sagen konnte, wirbelte Kylie herum und hastete davon.

„Mehr blaue Flecken?" Bear schüttelte den Kopf. „Männer, die Frauen verletzen, sind das Letzte."

Mias Herz brach für Kylie. Sie wollte Kylie mitnehmen und sie vor ihrem Ehemann verstecken. „Wie kann jemand, der versprochen hat, eine Frau zu lieben und zu ehren, bis dass der Tod sie scheidet, so mit seinem Partner umgehen?"

„Weiß der Sheriff, dass einer seiner Deputys ein missratenes Arschloch ist, der seine Frau misshandelt?"

„Keine Ahnung, aber das werde ich schon bald herausfinden." Mias Augen folgten Kylies Bewegungen in den Korridor, der zu den Toiletten und den Büros führte.

Es dauerte nicht lange, bis eine ältere und sichtlich verwirrte Kellnerin am Tisch auftauchte. „Hi, mein Name ist Linda. Ich bin für den Rest des Abends eure Bedienung. Was kann ich euch bringen?"

„Ich hätte gern den Hähnchen-Potpie", sagte Mia.

Bear bestellte den hausgemachten Hackbraten, der von der Kellnerin in den höchsten Tönen gelobt wurde. Als Linda verschwand, stand Mia auf. „Ich muss mal auf die Toilette."

„Ich begleite dich."

Mia lächelte. „Das haben wir doch schon mal besprochen. Ich schaffe das auch allein, okay?"

Bear zog die Augenbrauen zusammen. „Es gefällt mir ganz und gar nicht, dich allein losziehen zu lassen."

„Das nehme ich als Kompliment." Sie legte eine Hand auf seine Schulter. „Bleib hier. Ich komme klar."

Sie wartete kurz, um sicherzustellen, dass er nicht aufstand und ihr folgte. Erst als sie sich sicher war, ging sie zu den Toiletten. Mia hoffte, Kylie allein anzutreffen.

Der Korridor war dunkel, die Glühbirne funktionierte nicht. Mia öffnete die Schwingtür.

„Kylie", sagte sie sanft aber bestimmt.

Eine Toilettenspülung wurde betätigt und eine Frau trat aus der Kabine. „Sorry. Ich bin allein hier." Sie wusch sich die Hände, trocknete sich mit Papiertüchern ab und verließ den Raum.

Um sicherzugehen, checkte Mia jede einzelne der drei Kabinen, wusch ihre Hände und verließ das Badezimmer. Sie hatte gesehen, wie Kylie im Korridor verschwand und hatte angenommen, dass sie zu den Toiletten gehen würde. Vielleicht hatte sie sich stattdessen hinter einer der anderen Türen verschanzt.

Mia wagte sich tiefer in den dunklen Korridor und lief entschlossen zur nächsten Tür. Sie wollte ihre Freundin finden. Beim Öffnen stellte sie fest, dass es sich um eine kleine Kammer mit Putzutensilien handelte. Die Tür gegenüber führte in ein Büro mit einem alten Schreibtisch und Aktenschränken. Der Raum war leer.

Sie verließ das Büro und hörte, wie hinter ihr eine Tür geöffnet wurde. Mia drehte sich um und fand sich Kylie gegenüber, die mit einem roten Gesicht und weit aufgerissenen Augen am Hintereingang stand.

„Mia? Oh, Gott sei Dank." Kylie rannte auf Mia zu und ließ sich in ihre Arme fallen. „Du musst mir helfen."

Adrenalin rauschte durch Mias Venen. Sie wickelte die Arme um die aufgebrachte Frau und fragte: „Was ist los?"

„Du musst mir helfen. Larry ist wütend. Sehr, sehr wütend. Wenn er mich findet, wird er mich wieder schlagen."

„Warum ist er denn wütend?"

„Spielt das eine Rolle? Es braucht nicht viel, um ihn wütend zu machen. Und er lässt seine Wut immer an mir aus. Die blauen Flecken an meinen Armen sind lächerlich im Vergleich zum Rest meines Körpers." Kylie hob ihr T-Shirt und entblößte ihren Oberkörper und ihren Bauch. Bluterguss über Bluterguss – ein schreckliches Farbenspiel aus Blau-, Violett- und Gelbtönen.

„Oh, Kylie. Ich lasse nicht zu, dass du zu diesem Monster zurückgehst." Mia umarmte sie. „Du kannst mit zu mir kommen. Bear und ich werden dafür sorgen, dass dich Larry nie wieder in die Finger bekommt."

„Ich kann nicht zurück ins Diner gehen. Larry ist dort. Er sucht nach mir. Wir können uns hinten raus-schleichen. Das wird er nicht mitbekommen. Dann findet er mich nicht." Tränen rannen über Kylies Wangen. „Er darf mich nicht finden!"

„Ich muss Bear Bescheid geben."

„Nein! Lass mich nicht allein!" Sie krallte sich an Mia fest und erlaubte nicht, dass Mia ins Diner zurückging. „Ich muss hier weg. Jetzt! Du hast gesagt, du würdest mir helfen. Ich bitte dich, mir zu helfen. Bitte!"

Mia rieb ihrer Freundin über den Rücken und versuchte, sie zu beruhigen. Über ihre Schulter warf sie einen Blick in das hell erleuchtete Diner. Jetzt wäre ein guter Moment für Bear, um nach ihr zu sehen. Doch er tauchte nicht auf und Mia wurde von Kylie zum Hinterausgang gezerrt.

„Bitte hilf mir, Mia", flehte sie.

Mias Herz drohte, ihr aus der Brust zu springen. Sie konnte Kylie nicht allein im Korridor zurücklassen. Wenn Larry sie fand, würde er sie nach Hause schaffen und nur Gott wusste, was er ihr fürs Weglaufen antun würde.

Mental wappnete sie sich für den nächsten Schritt, packte Kylies Arme und sagte: „Okay. Ich werde dir helfen. Aber wir werden auf direktem Weg zum Sheriff gehen und deinen Mann anzeigen, okay?"

„Es ist mir egal, wo wir hingehen. Bring mich einfach nur von hier weg." Sie stieß die Hintertür auf und rannte los. Mia folgte ihr. „Kylie, warte auf mich!" Die Tür fiel hinter ihr ins Schloss und Mia hatte Probleme, Kylie in der dunklen Gasse zu entdecken.

Langsam gewöhnten sich ihre Augen an die Dunkelheit und Mia sah, wie sich Kylie vom Gebäude entfernte.

„Kylie!", schrie sie.

Ihr Schrei wurde jäh unterbrochen, als ein Sack über ihren Kopf gestülpt und sie von starken Armen gepackt wurde. Sie konnte ihre eigenen Arme nicht mehr bewegen und der Albtraum aus ihrer Jugend wiederholte sich.

Mia schrie so laut, wie sie konnte, aber der Sack dämpfte jegliche Laute. Diesmal hatte Mia den Vorteil, dass sie an Selbstverteidigungskursen teilgenommen hatte. Wie sollte sie sich aber wehren, wenn sie ihre Arme nicht einsetzen konnte? Ihr blieben nur ihre Beine, mit denen sie den Angreifer immer wieder gegen seine Schienbeine trat. Er versuchte, sie aus der Gasse zu ziehen. Mia stemmte sich mit aller Kraft gegen den Untergrund und unternahm den Versuch, einen erfolgreichen Schlag gegen ihn zu landen. Leider war er größer und noch stärker als vor dreizehn Jahren. Er hatte sie vollkommen in seiner Gewalt.

Sie wehrte sich mit allem, was sie hatte, duckte sich und unternahm ihr Bestes, sich aus seiner Umklammerung zu befreien. Mia gab nicht auf. Niemals würde sie sich kampflos ergeben. Sie wagte einen erneuten Versuch und trat ihm auf den Fuß.

Der Angreifer fluchte und verpasste ihr einen Schlag gegen die Schläfe.

Mias Gedanken vernebelten sich. Eine Sekunde später brach sie bewusstlos in den Armen ihres Entführers zusammen.

KAPITEL 11

DREIEINHALB MINUTEN VERGINGEN, bevor Bear schließlich aus dem Stuhl sprang und Richtung Korridor marschierte. Etwas stimmte nicht. Sein Bauchgefühl hatte ihn noch nie im Stich gelassen.

Er preschte in die Damentoiletten und fand sie leer vor. Sein Verstand und sein Körper waren in höchster Alarmbereitschaft. „Mia!" Er rannte durch den Korridor und öffnete auf dem Weg jede einzelne Tür. Das Einzige, was er vorfand, war ein Raum mit Putzutensilien und ein leeres Büro. Am Ende des Flurs befand sich eine unmarkierte Tür. Er öffnete die Tür, rannte hindurch und musste feststellen, dass er in einer Seitengasse gelandet war.

Sein Blut gefror in seinen Venen. Niemand. Es war niemand hier.

Bear rannte ums Gebäude herum und checkte jeden Winkel. Er konnte kein Anzeichen von Mia entdecken. Wo war sie?

Er hatte den Korridor seit dem Moment ihres

Verschwindens beobachtet. Sie war nicht wieder ins Diner zurückgekehrt. Schlussfolgernd bedeutete das, dass sie die Hintertür benutzt haben musste. Bear wusste nicht, ob sie freiwillig gegangen oder gezwungen worden war.

Er musste sie finden.

Auf dem Parkplatz schlängelte er sich an den Autos vorbei und blickte durch die Scheiben. Schließlich holte er sein Handy aus der Hosentasche. Obwohl er fast keinen Empfang hatte, betete er, dass er Hank erreichen würde. Bevor er jedoch Hanks Nummer wählen konnte, klingelte sein Handy. Auf dem Display erschien Sadies Name.

„Sadie, was ist los?", wollte Bear wissen.

„Ich bin's. Hank. Beim Verlassen des Hauses habe ich dummerweise Sadies Handy eingesteckt. Es gibt Neuigkeiten. Dr. Sanders ist aufgewacht. Sie konnte den Täter identifizieren."

„Mia ist verschwunden", sagte Bear in einem flachen Ton. Sein Herz konnte ihm gar nicht tiefer rutschen.

„Wann? Wo?", verlangte Hank zu erfahren.

„Sie ist erst seit ein paar Minuten verschwunden. Sie kann nicht weit sein."

„Ruf den Sheriff an. Er soll die Straßen kontrollieren, die aus Eagle Rock rausführen."

„Dafür hat er nicht genug Leute", sagte Bear.

„Ich verlasse gerade das Krankenhaus. Die zuständigen Polizisten aus Bozeman werden sich Dr. Sanders annehmen. Und jetzt kommt's: Der Mann, der Dr. Sanders angefahren hat, saß in einem Deputy-Auto. Er hatte sandblonde, gelockte Haare und ragte recht weit über sein Lenkrad hinaus. Sie war sich ziemlich sicher, dass es Larry Maynard war."

Bears Herz stockte. „Ich muss mit Larrys Ehefrau sprechen. Hoffentlich finde ich sie."

„Mach das. Gib mir dreißig Minuten, um nach Eagle Rock zu fahren und halte mich auf dem Laufenden."

„Geht klar." Bear legte auf, rannte ins Diner zurück und hätte dabei fast Linda umgerannt, die Bear und Mias Bestellung auf den Armen hatte.

„Euer Essen ist fertig", sagte sie.

Bear nahm ihr das Tablett ab und stellte es auf den Tisch. Dann packte er die Arme der Frau. „Wo ist Kylie?"

„Keine Ahnung. Vor einer Minute war sie noch in der Küche. Ich denke, sie hatte etwas im Auge."

Bear schob Linda beiseite und rannte in die Küche. Ein korpulenter Mann mit Tattoos auf den Armen sah vom Kochfeld auf. „Nur Angestellte sind hier hinten erlaubt", sagte er mit rauer Stimme.

Bear wich nicht zurück. „Kylie Maynard."

Der Koch wies mit dem Kopf auf eine Ecke mit einem Stahlbecken. „Sie sitzt dort hinten und heult wie ein Baby. Sowas brauch ich in meiner Küche nicht. Schaff sie raus."

Bear hastete am Koch vorbei und fand Kylie zusammengekauert in der Ecke sitzen. Sie hatte die Knie an ihre Brust gedrückt und schluchzte bitterlich.

„Ich wollte es nicht machen. Sie ist doch meine Freundin."

Bears Magen zog sich zusammen. Kylie hatte ihm gerade bestätigt, dass Larry Maynard, ihr Ehemann,

Mia in seiner Gewalt hatte. „Wo hat er sie hingebracht?"

Kylies Schluchzer wurden lauter und sie vergrub ihr Gesicht an ihren Händen. „Ich weiß es nicht. Er wiederholte immer nur einen Satz: ‚Wenn ich sie nicht aufhalte, wird sie mein Leben ruinieren.'"

„Was für eine Wahrheit?"

„Er würde mich umbringen. Du hast ja keine Ahnung, zu was er fähig ist ..." Sie beendete den Satz mit mehr Schluchzern.

Bear zog sie aus der Ecke heraus und stellte sie auf die Füße. „Denk nach, verdammt nochmal! Wohin würde er Mia bringen?"

„Ich weiß es nicht." Tränen strömten über ihr Gesicht und ihr gesamter Körper bebte.

Bear nahm einmal tief Luft und versuchte, in einem ruhigeren Ton mit ihr zu sprechen. Die Frau war hysterisch. Sie anzuschreien, würde ihr keine Informationen über Mia entlocken.

„Kylie, sieh mich an." Er tippte an ihr Kinn und sah in ihre blutunterlaufenen Augen. „Hat dein Ehemann einen Ort, an dem er gerne Zeit verbringt?"

Sie schniefte und wischte sich die Nässe von den Wangen. „Er hat ein Geländemotorrad. Wenn er es fahren will, fährt er immer in die Berge."

„Eine bestimmte Stelle? Gibt es eine Hütte oder einen Campingplatz, zu denen er immer fährt? Geht er jagen?"

Konzentriert zog sie die Augenbrauen zusammen. Ihre Schluchzer verklangen. Sie wollte ihm helfen, eindeutig. „Ich denke, dass es eine bestimmte Stelle gibt, an der er immer zeltet. Im Herbst geht er in der Nähe jagen." Dann kam ihr ein Gedanke. Ihre Augen weiteten sich. „Einmal hat er mich dort hingebracht." Ihre Unterlippe bebte und neue Tränen bahnten sich einen Weg über ihre Wangen. „Es war furchtbar. Er … er …" Sie bedeckte ihr Gesicht mit den Händen.

„Sag es mir, Kylie. Ich werde nicht zulassen, dass er dir wieder wehtut."

„Kurz nach unserer Hochzeit hat er mich dort hingebracht und mich … Er hat mich an einen Pfosten gebunden und mir schrecklich wehgetan. Gott, er hat mich vergewaltigt. Ich habe es keinem erzählt. Schließlich waren wir verheiratet. Ich dachte, dass er das Recht über meinen Körper hatte und dass er damit tun könnte, was er wollte. Aber er hat mich verletzt. Ich denke, dass ich deswegen niemals schwanger geworden bin."

Wut nahm von Bear Besitz. Wenn er seine Hände um den Hals von Maynard bekam, würde er so fest zudrücken, bis die Augen aus seinen Höhlen flogen.

„Denk nach, Kylie. Wo ist die Stelle?"

„Es gibt eine alte Straße – ungefähr einen Kilometer von der Stadt entfernt. Die Straße ist nicht gut zu erkennen. Sie liegt hinter Mias Haus. Die Straße schlängelt sich die Hügel hinauf. Ich saß damals hinter ihm auf dem Motorrad. Die Äste der Bäume hingen so tief, dass wir uns einige Male ducken mussten. Mittlerweile gibt es wahrscheinlich gar kein Durchkommen mehr." Sie fand Bears Blick. „Denkst du, dass er sie dorthin gebracht hat?"

„Du musst mir die Straße zeigen."

Kylie schüttelte den Kopf. „Nein. Das geht nicht."

„Das musst du. Mia ist deine Freundin und du kannst ihr helfen, indem du mir die Straße zeigst. Danach kannst du verschwinden, aber du musst mir unbedingt diese Straße zeigen."

Kylies Unterlippe bebte. „Ich weiß nicht genau, ob ich sie finden kann."

„Du musst mir helfen. Du bist meine einzige Hoffnung. Mia braucht uns."

Kylie nickte und drückte entschlossen ihren Rücken durch. „Du wirst nicht zulassen, dass Larry mir wehtut, stimmt's?"

„Das verspreche ich dir."

Für einen unerträglich langen Moment musterte sie Bears Gesicht. „Okay."

Bear hakte ihren Arm bei sich ein, führte sie aus der Hintertür und zu seinem Pickup. Dann half er ihr ins Auto.

Hinterm Steuer zog er sein Handy hervor und rief Sheriff Wilson an. „Es ist Maynard. Er ist der Vergewaltiger und er hat Mia." Er erzählte dem Sheriff, was ihm Kylie mitgeteilt hatte. „Es ist nur eine Vermutung – aber nach dem, was Kylie gesagt hat, klingt es nach dem Ort, an dem er Mia vor all den Jahren vergewaltigt hat."

„Ich werde jemanden zu seinem Haus schicken. Ich komme aus dem Norden. Es kann also sein, dass Sie vor mir an seinem Zeltplatz ankommen."

„Ich nehme Kylie Maynard mit und setze sie am Anfang der Straße ab. Kümmern Sie sich bitte um sie."

„Werde ich tun."

Bear fuhr auf die Hauptstraße und raste durch die

Stadt zu Mias Haus. Kurz vor ihrer Einfahrt verlangsamte er sein Tempo.

Kylie lehnte sich so weit vor, dass sie beinahe ihre Nase gegen die Frontscheibe presste. „Ich weiß nicht genau. Als er mich an diesen Ort gebracht hat, war es nicht dunkel und seitdem ist so viel Zeit vergangen." Sie betrachtete die Waldgrenze zur rechten Seite, an der Bear so langsam wie möglich vorbeifuhr.

„Da!" Sie zeigte nach rechts. „Ich erinnere mich an das alte Tor mit dem KEIN DURCHGANG-Schild."

Ein alter Pfosten, von der Sonne und dem Schnee verwittert, lehnte zur Seite und das Schild war nicht besser davongekommen. Bear wendete und richtete sich nach dem Pfosten aus, bis er mit den Scheinwerfern das Schild erleuchtete. KEIN DURCHGANG.

Ihm fielen frische Reifenspuren auf und sein Puls beschleunigte sich. Es fühlte sich wie eine Schnitzeljagd an. Um Mia zu finden, würde er alles geben.

„Ich werde jetzt aussteigen." Kylie öffnete die Tür. „Wenn er herausbekommt, dass ich dabei geholfen habe, ihn zu finden, wird er mich umbringen."

„Versteck dich in den Büschen. Der Sheriff ist auf dem Weg."

Sie nickte, stieg aus und verschmolz mit der Dunkelheit.

Bear fuhr über die Holperpiste; tiefhängende Äste kratzten an seinem Auto. Ohne die Scheinwerfer würde er die Fahrt nicht überleben und gegen einen Baum krachen. Durch die Lichter bestand aber auch die Gefahr, dass er von Maynard frühzeitig entdeckt wurde.

Er kam nur langsam voran, deshalb entschied er, das Auto zurückzulassen und zu Fuß weiterzugehen. Bear zog seine Waffe aus dem Schulterholster. Mithilfe der Sterne folgte er der Straße und rannte den Hügel hinauf. Panisch, die falsche Entscheidung getroffen zu haben, ignorierte er den Schmerz in seinem Bein.

Was sollte er nur tun, wenn er Mia nicht rechtzeitig retten konnte?

MIA GELANG WIEDER ZU BEWUSSTSEIN, als sie auf einem harten Untergrund umhergeschleudert wurde. Sie hatte mehr Bewegungsfreiheit und konnte sogar das eine oder andere sehen. Der Staub und die schemenhaften Umrisse, die sie zu Gesicht bekam, verrieten ihr, dass sie sich in einem Van befand.

Staub kam durch die Türen und die Fenster. Ihre Nase kribbelte und sie verspürte den Drang, zu niesen. Sie kämpfte dagegen an, um ihren Entführer auch weiterhin glauben zu lassen, dass sie noch bewusstlos war.

So leise wie möglich unternahm sie den Versuch, den Sack über den Kopf zu bekommen. Sie musste ihre Situation evaluieren und sich einen Fluchtplan überlegen.

Ihr Kopf pochte. Sie versuchte, sich aufzusetzen und bemerkte, dass ihre Handgelenke hinter ihrem Rücken mit Kabelbindern fixiert waren.

Mit den Zähnen und der Hilfe ihrer Schultern schaffte sie es, den Sack über ihren Kopf zu bekommen. Wie erwartet, lag sie in einem Van und der unebene

Pfad wies daraufhin, dass er sie in die Abgeschiedenheit brachte.

Auch von ihrem beschleunigten Herzschlag ließ sie sich nicht bremsen. Sie musste sich befreien. Mia versuchte alles, um die Fesseln zu lösen, aber nichts half. Dann kam ihr die Idee, die Kabelbinder an den Metallteilen der hinteren Sitzreihe zu reiben. Nach mehreren Versuchen brachen sie entzwei. Zwar bluteten ihre Handgelenke, aber sie war frei.

Entschlossen erhob sie sich; genau in diesem Moment hielt der Pickup ruckartig an.

Mia würde nur eine Chance haben, um ihrem Entführer zu entkommen. Sie würde nicht als Leiche in den Crazy Mountains enden. Sie wollte leben. Sie wollte Bear wieder in sich spüren und Liebe mit ihm machen. Sie wollte Kinder und endlich glücklich sein. *Dieses verdammte Arschloch bekommt jetzt das, was es verdient.*

Sie wartete, dass der Mann die Tür öffnete. Als er nach ihren Fußknöcheln packte, ließ sie ihn ein gutes Stück zu sich ziehen. Der Sack rutschte von ihrem Kopf und sie konnte sehen, dass ihr Entführer eine Deputy-Uniform trug. Sie öffnete ihre Augen und beim Anblick seines Gesichtes stockte Mia der Atem. Sie schluckte einen Schrei hinunter.

Larry Maynard grinste sie anzüglich an. „Mia, Mia. Du hättest nicht nach Eagle Rock zurückkommen sollen. Jetzt muss ich dich umbringen – so, wie ich das bereits vor dreizehn Jahren hätte tun sollen."

Im Inneren kochte sie vor Wut. *Du Bastard!*

Sie bewegte sich nicht, ließ ihre Hände hinterm

Rücken und gab vor, schwach und hilflos zu sein. Als er sich vorlehnte und sie über seine Schulter heben wollte, packte sie seine Haare, riss an seinem Kopf und knallte mit ihrem Knie gegen sein Gesicht.

Larry stolperte zurück. Seine Augen waren feucht und aus seiner Nase tropfte Blut. „Du Schlampe!"

Er griff nach ihr. Mia wich ihm erfolgreich aus und rannte so schnell sie konnte zu den nächstgelegenen Büschen. Wenn sie das schaffte, hätte sie eine Chance. Erst würde sie sich in den Schatten verstecken und darauf hoffen, dass er die Suche aufgab. Danach würde Mia eine Straße suchen, zurück in die Zivilisation finden und den Sheriff holen, der Larry für versuchten Mord hinter Gitter brachte.

Sie rannte über eine Lichtung. Die Sterne des weiten Montana-Himmels leuchteten ihr den Weg, stellten allerdings auch sicher, dass ihr Angreifer sie sehen konnte.

Kurz vor dem Waldrand packte jemand ihren Knöchel und sie landete hart auf ihrer Brust. Der Aufprall raubte ihr den Atem.

„Dumme Schlampe! Du wirst sterben und jetzt werde ich dafür sorgen, dass es langsam und qualvoll wird." Die Hand um ihren Knöchel festigte sich.

Angst und Adrenalin pumpten durch ihre Venen. Mia trat hart zu. Ihr Ziel war Larrys Handgelenk. Mit seiner anderen Hand versuchte er, auch ihr zweites Bein zu packen. Er war erfolgreich und Mia schrie: „Nein!"

Das durfte sie nicht zulassen. Sie durfte nicht erlauben, dass sich ihr Albtraum aus Teenager-Tagen wiederholte. Sie hatte nicht so viele Selbstverteidigungskurse über sich ergehen lassen, nur um erneut als Opfer zu enden.

„Du wirst mich heulend und schreiend um Gnade anflehen – genau, wie du das mit Sechzehn getan hast. Es wird sich so gut anfühlen, wenn ich meinen Schwanz in deine Fotze hineinstoße. Immer und immer wieder." Er schob sich langsam über sie; sein Gewicht rang sie nieder.

Als sie Brust zu Brust mit ihm war, befreite Mia ihr Knie. Dann packte sie sein Gesicht und bohrte ihre Daumen direkt in seine Augen. Gleichzeitig trieb sie ihm das Knie in seinen Schritt.

Larry schrie und fiel zur Seite.

Mia schob ihn von sich, rollte aus seiner Reichweite und stolperte auf die Füße. Wieder rannte sie auf die Büsche zu und sprang in die Schatten. Sie landete neben einem Haufen Müll und gesplittertem Holz, das vor langer Zeit der Hochstand eines Jägers gewesen sein konnte. Mit ihren Händen packte sie ein langes Brett.

Larry blinzelte und rieb sich die schmerzenden Augen. „Ich werde dich vernichten!", schrie er. „Ich werde dich ficken, wie ich die gute Dr. Sanders gefickt habe. So wie ich das Severs-Dummchen gefickt habe und die Frau aus Bozeman. Du wirst wie die rothaarige Schlampe quietschen, die ich gewürgt und dann den Aasfressern überlassen habe. Wenn ich mit dir fertig bin, wirst du dir den Tod herbeisehen, Mia. Dann wirst du dir wünschen, dass ich dir schon mit Sechzehn dein Ende bereitet hätte!"

Wut überwältigte Mia. Dieses Arschloch hatte sein

letztes Opfer vergewaltigt und ermordet. Wenn er nur einen Schritt näherkam …

Larry Maynard zog eine Waffe aus seiner Tasche und stand auf. Dann machte er eine Taschenlampe an und zeigte damit auf die Büsche, hinter denen sich Mia versteckt hielt.

„Komm raus, kleine Mia. Es wird Zeit, sich dem Unausweichlichen zu stellen. Du hast genug angerichtet."

Mia hielt sich geduckt und versuchte sich in Luft aufzulösen, als der helle Strahl der Taschenlampe über sie hinwegfegte.

Zwei Schritte näher und er würde sie entdecken. Mia atmete tief ein und spannte ihre Muskeln zur Flucht an.

Das Licht der Taschenlampe verriet, dass er sich wieder näherte.

Mia wartete … wartete …

„Maynard!", rief eine dritte Stimme. „Lass die Waffe fallen."

Mias Hoffnung war erwacht. Sie erkannte den Ton in der Stimme. Sie hätte wissen sollen, dass Bear sie finden würde.

Larry wandte sich der Stimme zu und starrte in die Dunkelheit. Mit der Waffe zeigte er noch immer in Mias Richtung. „Nein, du lässt deine Waffe fallen, sonst erschieße ich deine Huren-Freundin!"

„Du weißt doch gar nicht, wo sie ist."

„Bist du dir da sicher?" Langsam rutschte Larry näher zu den Büschen, genau auf Mia zu.

„Mein Finger ist auf dem Abzug. Nur einen Schritt näher und ich werde schießen."

„Du bluffst."

„Willst du ihr Leben riskieren?", fragte Larry.

Bear antwortete nicht.

Larry kam immer näher.

Mental bereitete sich Mia auf ihre nächste Handlung vor. Sie packte das Brett fester und brüllte: „Nicht schießen!" Sie sprang aus den Büschen und attackierte Larry mit hoch erhobenem Brett. Sie holte Schwung und traf ihn hart am Kopf. Ein Schuss löste sich aus seiner Waffe. Die Kugel verfehlte ihr Ziel und glitt in die Dunkelheit.

Larry fiel auf seine Knie, hob die Hände an seinen Kopf und fiel auf seine Seite. Seine Waffe landete qualmend im Gras.

Mia stand gebeugt über dem Mann und sehnte sich danach, ihm einen weiteren Schlag zu verpassen. Dann noch einen, bis von ihm nichts anderes mehr übrig blieb als eine blutige Masse. Er verdiente es. Doch wenn sie ihren niederen Instinkten folgte, wäre sie nicht besser als er.

Sie warf das Brett von sich, lief an ihm vorbei und rannte auf die Umrisse von Bear zu.

Rechtzeitig bemerkte sie, dass er eine Waffe auf sie richtete.

„Runter!", brüllte er.

Mia machte im Dreck eine Bauchlandung.

Zwei Schüsse fielen.

Bear stolperte rückwärts, packte seinen Arm und ließ die Waffe fallen.

Mia rollte auf die Knie und sah über ihre Schulter.

Larry fiel rückwärts zu Boden. Die Waffe in seiner Hand tat es ihm gleich. Er bewegte sich nicht.

„Ist-ist er tot?", fragte Mia.

„Genau in die Brust." Bear hob seine Waffe auf, lief zu Larry und trat die Waffe des Mistkerls weg. „Er wird keiner Frau mehr wehtun können."

„Gott sei Dank." Mia stand auf und traf Bear in der Mitte der Lichtung. Ein dunkler Abdruck bildete sich auf dem Ärmel seines Hemdes. „Du wurdest getroffen."

„Nur eine Fleischwunde." Er packte die Waffe in sein Holster zurück, wickelte einen Arm um Mias Hüfte und zog sie an sich. „Bist du in Ordnung?"

Sie nickte. „Er hatte keine Zeit, mir wehzutun. Ich habe mich gewehrt."

„Du bist eine knallharte Lady, weißt du das?"

„Verdammt, ja! Das bin ich. Niemals werde ich einem Mann erlauben, mir das Gleiche ein weiteres Mal anzutun."

„Ich hätte ihn stoppen sollen, bevor er dich entführen konnte. Tut mir leid."

„Es ist nicht deine Schuld. Du hättest mich auf die Toilette begleiten sollen. Ich kann so dickköpfig sein."

„Das bekomme ich dafür, wenn ich auf dich höre. Von jetzt an höre ich nur noch auf mein Bauchgefühl."

Sie schmiegte sich an ihn, legte eine Hand auf seine Brust und fand seinen durchdringenden Blick. „Und was sagt dir dein Bauchgefühl?"

„Das ich gerne die Dusche nachholen würde."

Sie lachte. „Aber erst, nachdem du von einem Arzt untersucht wurdest. Du blutest schließlich."

„Könntest du nicht Krankenschwester spielen?" Er küsste ihren Hals und zuckte zusammen, als er versuchte, auch den verletzten Arm um ihre Taille zu legen.

„Oh nein. Zuerst fahren wir zum Arzt. Dann spiele ich gerne die Krankenschwester für dich und zeige dir den Weg in die Dusche." Sie wickelte den Arm um seine Hüfte und führte ihn über den Pfad, der zum Zeltplatz führte.

„Wie wäre es, wenn wir einen kurzen Augenblick hier bleiben und etwas knutschen?"

„Nicht hier." Mit dem Kopf wies sie auf die Scheinwerfer, die sich unaufhörlich näherten. „Außerdem bekommen wir gleich Gesellschaft."

„Verdammt. Und ich wollte den Sternenhimmel von Montana zu meinen Gunsten nutzen."

„Das werden wir, Babe. Das werden wir." Auf den Zehenspitzen presste sie ihre Lippen auf die seinen. „Das verspreche ich dir. Ich denke allerdings, dass wir uns zuerst ein paar Fragen stellen müssen. Eine Sache steht jedoch fest: Es gibt eine Menge Frauen, die heute Nacht besser schlafen werden. Du hast die Welt von einem Monster befreit." Bear nickte. „Auch ich werde heute Nacht gut schlafen."

Mia runzelte die Stirn. „Das bedeutet, dass ich keinen Bodyguard mehr brauche."

Bear zog sie näher an sich heran. „Da hast du nicht ganz unrecht. Ich hoffe, dass es nicht zu spät ist, dich um ein Date zu bitten."

Mias Herz machte einen Salto. Sie lächelte und sagte: „Ich dachte schon, du würdest mich niemals fragen. Ja! Die Antwort ist ,Ja'!" Sie wickelte die Arme um seinen Nacken und küsste ihn. Sie war so glücklich. Er hatte sie von den Schatten ihrer Vergangenheit befreit. Zum ersten Mal in ihrem Leben wagte sie es, jemandem ihr Herz zu öffnen und hoffte auf eine wundervolle Zukunft. Und vielleicht stellte sich heraus, dass das Schicksal sie zu Bear geführt hatte.

COWBOY DELTA-FORCE

EIN BODYGUARD FÜR DEN ENGEL

BROTHERHOOD PROTECTORS REIHE
Buch 4

ELLE JAMES
New York Times & USA Today
Bestseller-Autorin

Übersetzt von Franziska Popp

COWBOY
DELTA-FORCE

BROTHERHOOD PROTECTORS

EIN BODYGUARD FÜR DEN ENGEL

NEW YORK TIMES & USA TODAY BESTSELLERAUTOR

ELLE JAMES

KAPITEL 1

JOHN WAYNE MORRISON drehte sich auf dem Barhocker um und betrachtete die Leute in der Blue Moose Taverne. Er befand sich in Montana, in einem kleinen Städtchen namens Eagle Rock und versuchte, sich daran zu erinnern, wie man sich als normaler Mensch verhielt.

In einer Ecke standen eine Gruppe Cowboys, die Münzen auf eine Klapperschlange warfen. *Die arme Schlange*, dachte Morrison, *warum war sie nur in die Bar geschlängelt?*

„Dein Bier." Der korpulente Barkeeper knallte ein Bierglas auf den Tresen und ließ den Inhalt so über den Rand schwappen. Er bemerkte die Cowboys, schmutzig von der Arbeit, und brüllte: „Hey, schafft mir die Schlange aus der Bar!" Dann murmelte er: „Verdammte Idioten. Bis einer verletzt wird. Ich wette, dass die Schlange klüger ist als alle zusammen."

„Gehören Klapperschlangen hier zum Unterhaltungsprogramm?", fragte John.

Der Barkeeper wischte das übergelaufene Bier vom Tresen. „Ruhige Nacht." Misstrauisch zog er die Augenbrauen zusammen. „Bist neu hier. Ich bin Butch." Der Mann streckte eine fleischige Hand aus. „Name?"

„John Morrison. Meine Freunde nennen mich Duke." Er packte die Hand des Mannes und schüttelte sie. Er war kräftiges Händeschütteln von seinen Männern bei der Delta-Force gewohnt, doch die Kraft des Barkeepers traf ihn unvorbereitet. Er verstärkte seinen Griff, bis der andere Mann seine Hand lockerte und losließ.

„Duke?" Butch streckte seine Finger und wandte sich wieder seiner Aufgabe hinter der Bar zu. „Ist dein Zweitname Wayne?"

Er hatte sich bereits damit abgefunden, dass er überall wegen seines Namens geärgert wurde, und nickte resigniert. „Korrekt. Mein Vater war ein riesiger Fan von Westernfilmen und hat mich John Wayne getauft."

„Und du nutzt seinen Spitznamen als deinen Spitznamen. Macht Sinn."

„Nicht, dass ich mir das ausgesucht habe." Duke nahm einen großen Schluck von seinem Bier und das kühle Getränk glitt seine Kehle hinunter. Die Fahrt von Fort Hood in Texas hatte ihn zwei Tage durch die einsamsten Gegenden geführt. Jetzt befand er sich in Montana. Er freute sich auf die Berge, wollte jagen gehen, im See fischen und reiten. Zur Hölle, es war zwölf Jahre her, dass er auf einem Pferd gesessen hatte. Die Zeit vor der Armee fühlte sich wie ein anderes Leben an.

„Was bringt dich nach Eagle Rock?", fragte Butch.

Duke schnaubte. „Jetzt bin ich wieder Zuhause."

„Zuhause? Wo bist du gewesen?"

„Beim Militär." Sein Magen zog sich zusammen und sein Knie pochte. In den vergangenen zwölf Jahren hatte er sein Leben dem Schutz des Landes verschrieben.

„Welcher Zweig?", hakte der Barkeeper nach.

„Army."

„Ich war in der Marine", sagte Butch. „Warst du im Einsatz?"

Duke nickte.

„Hast viel erlebt, oder?"

Wieder nickte Duke, ohne Informationen mit Butch zu teilen. Seine Missionen waren alle Top Secret gewesen. Nur die Leute, die die Befugnis hatten, wussten mehr darüber. Sein letzter Auftrag war so geheim gewesen, dass nur der US-amerikanische Außenminister und der Präsident davon wussten.

„Du redest nicht viel, oder?" Butch hob eine Hand. „Nicht, dass mich das stört. Viele Männer kommen nach einem harten Tag in die Bar und erwarten in mir einen Therapeuten zu finden. Von Problemen mit dem Boss bis zu den Frauen; ich habe schon alles gehört." Der Barkeeper wandte sich wieder dem Abwischen des Tresens zu. „Du bist eine nette Abwechslung. Du sitzt einfach auf dem Hocker und schweigst vor dich hin."

Duke schenkte ihm ein zögerliches Lächeln, nahm sein Bier in die Hand und widmete sich dann wieder seinem neuen Hobby: dem Leute beobachten.

Ein junger Mann steckte etwas Geld in die Jukebox

und ein *Heul in dein Bier*-Song wurde angestimmt. Mehrere Cowboys führten ihre Ladys auf die kleine Tanzfläche neben einer leeren Bühne.

Das Bier, die Musik und die entspannte Atmosphäre trösteten Dukes erschöpfte Seele. Nach seinem Bier würde er zum Bed & Breakfast zurücklaufen und die Nacht dort verbringen. Morgen würde er sich mit Hank Patterson, seinem neuen Boss, auf der White Oak Ranch treffen. Anschließend würde er seinen ersten Auftrag als Bodyguard entgegennehmen und jemanden beschützen, der genug Geld hatte, um sich die Dienste der Brotherhood Protectors leisten zu können.

Das Lied endete und Duke trank den letzten Schluck seines Biers. Er stand auf, suchte gerade nach seinem Geldbeutel, als er sein Handy hörte.

Er blickte auf den Bildschirm und grinste. Eine Anfrage zum Videochat von Rider – ein Kumpel von seiner ehemaligen Einheit aus Fort Hood. Er nahm den Anruf an. „Hey, Sackgesicht. Vermisst du mich etwa schon?"

Neben Rider tauchte ein weiterer Freund von ihm auf: Blaze. „Natürlich vermissen wir dich. Wann wirst du zur Vernunft kommen und dich uns wieder anschließen?"

Rider schubste Blaze aus dem Sichtfeld und grinste in die Kamera. „Wir wollten nur sichergehen, dass du gut angekommen bist. Ohne dich ist das Team einfach nicht dasselbe."

Riders Worte brachen Duke das Herz. Er hasste es, dass er seine Männer verlassen musste. Sie waren wie Brüder für ihn. „Ja, na ja, ihr werdet auch ohne mich klarkommen müssen. Bald bekommt ihr Frischfleisch zum Ärgern."

Blaze schob sich wieder ins Bild. „Aber wir mochten das alte Fleisch, dem wir bedingungslos vertrauen konnten", sagte er.

„Wann fängst du bei deinem neuen Job an?", fragte Rider.

„Morgen", sagte Duke. „Dann treffe ich mich mit dem Gründer der Brotherhood Protectors. Hank Patterson ist sein Name. Soll ich ein gutes Wort für euch einlegen?"

„Klar!", sagte Rider. „Schließlich weiß man ja nie, was passiert. Zumal ich auch nicht jünger werde."

„Sprich das besser zuerst mit Briana ab, bevor du einen Umzug nach Montana planst. Die Winter hier sind kalt."

Rider nickte. „Werde ich tun. Unser Team verdient ein paar Tage Urlaub. Vielleicht kommen wir dich bald besuchen. Ich hab gehört, dass Fliegenfischen dort oben viel Spaß macht."

Duke lachte. „Was weißt du schon vom Fliegenfischen?"

„Nichts. Genau deswegen wirst du uns auch nicht so schnell los, oh Allwissender."

„Ist klar. Ich hoffe, ihr wisst, dass ihr immer willkommen seid."

„Dann steht es fest", sagte Rider, „sobald wir die Genehmigung haben, kommen wir dich besuchen."

„Sehr gut. Ich denke, es wird dir hier gefallen. Und du hast nicht ganz unrecht: Das Fliegenfischen macht Spaß."

„Wusste ich's doch." Rider grinste. „In der Zwischenzeit sollst du wissen, dass du uns jeder Zeit anrufen kannst, wenn du Hilfe benötigst."

Blazes Kopf tauchte wieder auf. „Oder wir eine Kaution für dich stellen müssen", warf er ein. „Und wenn du in der Einöde heiße Weiber siehst, gib ihnen meine Nummer." Er grinste. „Aber nur, wenn sie noch alle Zähne haben."

„Ich halte meine Augen offen", sagte Duke. „Ich werde ihnen das Bild zeigen, dass ich bei unserem letzten Picknickausflug von dir gemacht habe."

Rider lachte. „Die Ladys können es bestimmt nicht erwarten, einen Mann kennenzulernen, der zu seiner weiblichen Seite steht und genau weiß, wie man sich in Omaklamotten kleiden muss."

Blaze runzelte die Stirn. „Das werdet ihr mich niemals vergessen lassen, oder?"

Duke schüttelte den Kopf. „Niemals."

„Das bedeutet, dass ich die Frauen von Montana von meiner Liste streichen kann, wenn Duke mit unvorteilhaften Beweisbildern durch die Gegend rennt."

„Aber ohne Scheiß, Duke", sagte Rider, „wenn du uns brauchst, musst du nur den Hörer abnehmen."

„Danke. Es ist gut zu wissen, dass ich trotz der Entfernung auf euch bauen kann."

„Wir hören uns wieder", sagte Rider.

„Macht's gut." Duke beendete den Videoanruf mit einem Lächeln und sah auf, als der Eingangsbereich Trubel ankündigte.

Ein Mann in einer Windbreaker-Jacke trat rückwärts in die Taverne. Auf seiner Schulter balancierte er eine Kamera, die er auf die offene Tür richtete.

Duke gab dem Barkeeper seine Kreditkarte. Seine Neugierde stellte sicher, dass er sich rechtzeitig wieder zum Eingang drehte, um mitzuerleben, wie eine Blondine in die Bar stolziert kam.

Sie trug eine Sonnenbrille auf ihrer Nase, obwohl es nicht nur draußen, sondern auch in der Taverne dunkel war. Nach vier Schritten stolperte sie plötzlich über ihre eigenen Füße, wankte auf himmelhohen High-Heels und krachte gegen den Kameramann.

Bevor er auf seinen Hintern fiel, riss er die Hände in die Höhe, und sicherte das teure Stück Technik.

Derweil gewann die Blondine ihr Gleichgewicht zurück. Gekonnt richtete sie ihre Jacke, zog die Sonnenbrille auf die Nasenspitze zurück und betrachtete den Kameramann. „Beweg dich, du tollpatschiger Nichtsnutz!"

Zwei Cowboys packten den Mann unter den Schultern und halfen ihm auf die Füße.

„Sorry, Miss Love ", sagte er. „Ich wollte Ihnen nicht im Weg stehen." Ohne einen Moment zu zögern, hob er die Kamera wieder auf seine Schulter und filmte weiter.

Die Frau zischte, bedeckte die Kameralinse mit einer Hand und rannte an ihm vorbei, wodurch sie ihn beinahe ein zweites Mal gen Boden geschickt hätte.

Sie steuerte auf die Bar zu, knallte ihre riesige Designertasche auf den Tresen und bestellte: „Mango Martini. Wodka. Geschüttelt, nicht gerührt." Sie hob zwei Finger. „Mach zwei daraus."

Dann senkte sie ihr Kinn, sah über ihre Sonnenbrille

hinweg und fand mit einem interessierten Funkeln in den Augen den Blick von Duke. „Mmm. Wenn in der Gegend alle Männer wie du aussehen, könnte ich mich an Montana gewöhnen."

Duke sah keinen Grund, ihr zu antworten. Sie war nicht sein Typ – zu besoffen und zu anstrengend. Sobald er seine Kreditkarte zurückhatte, würde er die Diva stehen lassen und dem Ruf seines Bettes folgen.

„Diese Bar ist der einzige Ort in diesem Kaff, wo man einen ordentlichen Drink bekommt." Mit einer Pobacke setzte sie sich auf den Hocker und lehnte sich gegen den Tresen. „Ich kann es nicht erwarten, in einer Woche wieder nach L.A. zu kommen." Sie legte ihre Hand auf seinen Arm und krallte sich an seinem Hemd fest. „Sag mir bitte, dass du nicht von hier kommst. Ich will mich mit jemandem unterhalten, der seinen Kopf nicht schon so oft angestoßen hat, dass nur noch Scheiße aus dem zahnlosen Maul quillt."

„Ich muss Sie enttäuschen. Ich bin aus Montana." Dukes Mundwinkel zuckten. „Meine Zähne sind dennoch echt." Er grinste, um es ihr zu beweisen.

Der Barkeeper servierte zwei Martinis. Dann lehnte er sich über den Tresen und flüsterte zu Duke: „Dir ist schon klar, dass das Lena Love ist, oder? Du kannst dich verdammt glücklich schätzen."

Duke fühlte sich nicht besonders glücklich. Die Frau neben ihm hielt sich mit ihren Krallen noch immer an seinem Arm fest und trank ihre Martinis in einem Zug.

„Scheiß verdünnte Drinks. Auf diese Weise werde ich nie etwas spüren." Sie hob die Hand. „Noch zwei. Und dieses Mal kannst du mit dem Wodka ruhig etwas groß-zügiger sein." Sie öffnete ihre riesige Handtasche, kramte darin herum, zog ein Pillendöschen heraus und schüttelte zwei Pillen in ihre Handfläche. „Die Bar riecht nach schwitzendem Mann." Sie lehnte sich zu Duke und schnüffelte. „Du bist ein schwitzender Mann." Sie leckte über seinen Hals. „Mmm, du schmeckst salzig."

Duke zuckte zusammen und lehnte sich ruckartig von ihr weg. Das Verhalten dieser Frau widerte ihn an. Er verspürte plötzlich den Drang nach einer Dusche.

Der Barkeeper stellte wieder zwei Martinis vor sie. Sie warf die Pillen in ihren Mund und schluckte sie mit dem ersten Glas. „Schon besser." Ohne zu zögern, nahm sie auch den vierten Martini, leerte das Glas und wandte sich dann der Tanzfläche zu.

„Wissen die denn alle nicht, wie man richtig feiert?" Sie schüttelte den Kopf und kramte in ihrer Handtasche. Als sie nicht fand, wonach sie suchte, rief sie: „Phillip! Ich brauche zwei Dollar!"

Ein Mann in einem Anzug kam aus den Schatten. „Lena, denkst du nicht, dass wir verschwinden sollten? Du hattest doch jetzt deine Drinks."

„Verdammt, nein." Sie streckte die Hand aus und wackelte mit den Fingern. „Zwei Dollar, verdammt nochmal."

Phillip zog zwei Dollar aus seiner Geldbörse und gab sie ihr.

Lena klatschte das Geld auf den Tresen. „Vierteldollar-Münzen."

Butch funkelte die Frau mit einem wütenden Blick

an, wechselte ihr aber das Geld und knallte ihr die Münzen vor die Nase.

„Unverschämtes Arschloch", murmelte Lena. Sie nahm die Münzen, rutschte vom Hocker und wäre dabei beinahe von ihren High-Heels gefallen. Mit einer Hand auf Dukes Knie fand sie ihr Gleichgewicht, zwinkerte ihm zu und schwankte zur Jukebox.

Sie warf alle acht Münzen in den Automaten. Ein Country-Song ertönte und sie begann, ihre knapp bekleidete Hüfte im Rhythmus des Songs zu wiegen. Nachdem sie mehrere Lieder gewählt hatte, richtete sie sich auf und wartete auf ihre erste Wahl.

Ihr Kopf bewegte sich zum Beat und sie sah sich im Raum um. Die Cowboys hatten sie im Blick und waren gespannt darauf, was sie als Nächstes tun würde.

In keinem schien sie zu sehen, nach was sie suchte, bis ihre Augen zu Duke glitten. Sie zog die Augenbrauen zusammen und marschierte an Tischen und hochgewachsenen Männern vorbei. Lena Love steuerte genau auf ihn zu.

„Butch, ich brauche meine Kreditkarte zurück", sagte Duke. Sein Puls beschleunigte sich. Noch nie zuvor in seinem Leben hatte er eine solche Panik empfunden – selbst, als er in eine von der IS eingenommene Stadt musste, war er gelassener gewesen. Er wollte nicht länger in dieser Bar oder in der Nähe dieser Frau sein. Das Einzige, was sie verlangsamte, waren ihre High-Heels, zusammen mit dem konsumierten Alkohol und den Pillen. „Kreditkarte, Butch. Sofort."

Butch legte seine Karte und den Beleg auf den

Tresen. „Sie hat dich im Visier, Junge. Lena Love, die Schauspielerin."

„Und wenn sie mir Lotterietickets bringen würde; ich habe kein Interesse. Sie ist das personifizierte Drama."

Duke drehte sich geschwind zu Butch, um seine Unterschrift auf den Beleg zu setzen und seine Karte zu schnappen. Als er wieder aufsah, musste er bemerken, dass es bereits zu spät war.

Miss Love stand direkt vor ihm. Mit einem aufgesetzten Augenaufschlag schob sie ihm ihre Brüste unter die Nase und streckte ihre Hand nach ihm aus. „Du. Tanzfläche. Jetzt."

Abwehrend hob er seine Hand. „Sorry, Ma'am. Ich tanze nicht." Schon gar nicht mit Frauen, die so auf Droge sind.

Sie blinzelte und ihr anzüglicher Blick verschwand. Schock breitete sich auf ihrem Gesicht aus.

Hatte diese Frau noch nie das Wort ‚Nein' gehört?

„Ich wollte gerade gehen." Sie blockierte ihn, als er um sie herumlaufen wollte.

„Niemand sagt ‚Nein' zu Lena Love."

„Es gibt immer ein erstes Mal. Gewöhnen Sie sich dran."

Er trat auf die andere Seite. Für eine Betrunkene, die zu dem noch mit Drogen vollgepumpt war, bewegte sie sich schnell und stellte sich ihm erneut in den Weg.

Der Kameramann filmte den gesamten Austausch.

Duke warf dem Mann einen genervten Blick zu und wandte sich dann wieder der Frau zu. „Hören Sie zu, Miss Love. Ich saß in den letzten zwei Tagen im Auto.

Ich bin müde und nicht in der Stimmung für Spielchen."

„Nur ein kleines Tänzchen", bettelte sie. „Mehr verlange ich nicht."

„Nicht interessiert."

„Vielleicht kann ich deine Meinung damit ändern."

Bevor er reagieren konnte, wurde Duke von zwei Doppel D-Brüsten begrüßt, genauso nackt, wie an dem Tag, an denen sie operativ vergrößert worden waren. Vor Gott und allen Anwesenden in der Bar hatte Miss Love blank gezogen.

Er war schockiert, sprachlos und bewegte keinen Muskel. Was war hier gerade passiert?

Die Cowboys grölten und warfen ihre Hüte in die Luft. Es folgten Rufe: „Mehr! Mehr! Zeig uns mehr!"

„Sehr gut, Baby! Zieh alles aus!", rief ein Hinterwäldler.

Würdigende Pfiffe erfüllten die Luft und schmerzten in Dukes Hörgängen.

Er packte Lenas Hände und zog daran, bis ihr T-Shirt wieder ihre Brüste bedeckte. „Ich meine es ernst: Ich habe kein Interesse. Heute nicht und auch nicht in der Zukunft. Gehen Sie mir einfach aus dem Weg." Er umfasste ihre Oberarme und hob sie zur Seite. Mit herunterhängender Kinnlade und den Augen zu Schlitzen verengt ließ er sie zurück.

Wenn er nicht schnell die Flucht ergriff, würde sich dich Frau auf ihn werfen und er müsste eine goldene Regel brechen: Schlage niemals eine Frau. Kurz dachte er an seine Mutter, die ihm diese Regel bereits als kleinen Cowboy klar gemacht hatte. Sein Sichtfeld verschwamm und Blut rauschte in seinen Ohren. Seine Handflächen waren feucht. Er fühlte sich in die Enge getrieben. Das erste Mal, seit er in der verdammten Stadt in Afghanistan unter einem Gebäude festgesteckt hatte.

Er überwand die Entfernung zum Ausgang und verschwand aus der Tür. Draußen rannte er zu seinem Auto, stieg ein und raste vom Parkplatz. Weit weg von der anmaßenden Diva, an der er kein Interesse hatte.

Sein Plan, sich seinem geliebten Heimatstaat Montana wieder anzunähern, war in die Hose gegangen. Er hoffte, dass sein zweiter Tag besser verlaufen würde.

ÜBER DEN AUTOR

ELLE JAMES ist eine New York Times- und USA Today-Bestsellerautorin. Von Cowboys, Intrigen bis hin zu paranormalen Abenteuern gibt es bei ihren Büchern etwas für jeden Geschmack. Wenn sie nicht an ihrem Computer sitzt, bereist sie die Welt oder fährt mit ihrem Geländewagen, um neu inspiriert zu werden. Unter www.ellejames.com kannst du mehr über sie erfahren.

Website | Facebook | Twitter | GoodReads | Newsletter | BookBub | Amazon

Folge mir!
www.ellejames.com
ellejamesauthor@gmail.com

BÜCHER VON ELLE JAMES

Montana Rescue: Ein Bodyguard für die CIA-Agentin

Montana Ranger Returns: Ein Bodyguard für Jane Doe

Iron Horse Legacy Reihe

Soldier's Duty - Die Pflicht Des Soldaten

Ranger's Baby - Das Baby Des Rangers

Marine's Promise - Das Versprechen des Marinesoldaten

SEAL's Vow - Der Schwur Des Seals

Warrior's Resolve - Der Entschlossene Kämpfer

~*~*~**Englische Ausgaben**~*~*~

Brotherhood Protectors Series

Shadow Assassin

Delta Force Strong

Ivy's Delta (Delta Force 3 Crossover)

Breaking Silence (#1)

Breaking Rules (#2)

Breaking Away (#3)

Breaking Free (#4)

Breaking Hearts (#5)

Breaking Ties (#6)

Breaking Point (#7)

Breaking Dawn (#8)

Breaking Promises (#9)

Brotherhood Protectors Yellowstone

Saving Kyla (#1)

Saving Chelsea (#2)

Saving Amanda (#3)

Saving Liliana (#4)

Saving Breely (#5)

Saving Savvie (#6)

Brotherhood Protectors Colorado

SEAL Salvation (#1)

Rocky Mountain Rescue (#2)

Ranger Redemption (#3)

Tactical Takeover (#4)

Colorado Conspiracy (#5)

Rocky Mountain Madness (#6)

Free Fall (#7)

Colorado Cold Case (#8)

Brotherhood Protectors

Montana SEAL (#1)

Bride Protector SEAL (#2)

Montana D-Force (#3)

Cowboy D-Force (#4)

Montana Ranger (#5)

Montana Dog Soldier (#6)

Montana SEAL Daddy (#7)

Montana Ranger's Wedding Vow (#8)

Montana SEAL Undercover Daddy (#9)

Cape Cod SEAL Rescue (#10)

Five Ways to Surrender

Six Minutes to Midnight

Hearts & Heroes Series

Wyatt's War (#1)

Mack's Witness (#2)

Ronin's Return (#3)

Sam's Surrender (#4)

Take No Prisoners Series

SEAL's Honor (#1)

SEAL'S Desire (#2)

SEAL's Embrace (#3)

SEAL's Obsession (#4)

SEAL's Proposal (#5)

SEAL's Seduction (#6)

SEAL'S Defiance (#7)

SEAL's Deception (#8)

SEAL's Deliverance (#9)

SEAL's Ultimate Challenge (#10)

Texas Billionaire Club

Tarzan & Janine (#1)

Something To Talk About (#2)

Who's Your Daddy (#3)

Love & War (#4)

Billionaire Online Dating Service

The Billionaire Husband Test (#1)

The Billionaire Cinderella Test (#2)

The Billionaire Bride Test (#3)

The Billionaire Daddy Test (#4)

The Billionaire Matchmaker Test (#5)

The Billionaire Glitch Date (#6)

The Billionaire Perfect Date (#7) coming soon

The Billionaire Replacement Date (#8) coming soon

The Billionaire Wedding Date (#9) coming soon

Ballistic Cowboy

Hot Combat (#1)

Hot Target (#2)

Hot Zone (#3)

Hot Velocity (#4)

Cajun Magic Mystery Series

Voodoo on the Bayou (#1)

Voodoo for Two (#2)

Deja Voodoo (#3)

Cajun Magic Mysteries Books 1-3

SEAL Of My Own

Navy SEAL Survival

Navy SEAL Captive

Navy SEAL To Die For

Navy SEAL Six Pack

Devil's Shroud Series

Deadly Reckoning (#1)

Deadly Engagement (#2)

Deadly Liaisons (#3)

Deadly Allure (#4)

Nick of Time

Alaskan Fantasy

Boys Behaving Badly Anthologies

Rogues (#1)

Blue Collar (#2)

Pirates (#3)

Stranded (#4)

First Responder (#5)

Blown Away

Warrior's Conquest

Enslaved by the Viking Short Story

Conquests

Smokin' Hot Firemen

Protecting the Colton Bride

Protecting the Colton Bride & Colton's Cowboy Code

Heir to Murder

Secret Service Rescue

High Octane Heroes

Haunted

Engaged with the Boss

Cowboy Brigade

Time Raiders: The Whisper

Bundle of Trouble

Killer Body

Operation XOXO

An Unexpected Clue

Baby Bling

Under Suspicion, With Child

Texas-Size Secrets

Cowboy Sanctuary

Lakota Baby

Dakota Meltdown

Beneath the Texas Moon